바보 빅터

VICTOR THE FOOL
Spread Your Wings!

17년 동안 바보로 살았던 멘사 회장의 이야기

바보 빅터

호아킴 데 포사다
레이먼드 조

한국경제신문

한국의 독자들에게

◇
◇
◇

《마시멜로 이야기》와 《마시멜로 두 번째 이야기》가 한국에서 뜨거운 사랑을 받은 지도 여러 해가 흘렀습니다. 한국을 방문해 보냈던 시간들은 소중한 추억이 되었습니다. 한국은 내 인생에서 매우 특별한 곳입니다. '마시멜로 이야기'는 전 세계 20개 언어로 번역되어 베스트셀러가 되었는데 한국 독자 여러분의 사랑을 가장 많이 받았습니다. 다시 한번 감사 말씀을 드립니다.

그동안 한국의 독자들로부터 참으로 수많은 이메일과 편지를 받았습니다. '마시멜로 이야기'와 관련된 질문도 있었고, 소재와 아이디어 제안도 있었습니다. 하지만 무엇보다 "다른 집필 계획은 없습니까?" 하는 문의가 가장 많았습니다. 이 책《바보 빅터》를 통해 한국 독자 여러분의 성원에 보답할 수 있기를 바랍니다.

《바보 빅터》는 우리 인생에서 결코 잊어서는 안 되는 '진실'을 말하고 있는 책입니다. 이것을 잃으면 모든 것을 잃게 되기 때문입니다. 그래서 나는 이것을 '위대한 진실'이라 부릅니다. 살다 보면 수많은 변화와 위기에 부딪히게 됩니다. 쓰디쓴 좌절을 겪기도 하고 뼈아픈 패배감을 맛보기도 합니다. 대개는 자신의 의지로 극복할 수 있지만 때로는 세상의 움직임 앞에서 한없이 무력해질 때도 있습니다. 그럴 때마다 우리는 기억해야 합니다. 삶 속에서 맞닥뜨리게 되는 모든 일은 우리의 의지와 상관없이 일어나지 않는다는 사실과, 그 어떤 일이 있더라도 결코 잃어서는 안 되는 '위대한 진실'이 있다는 것을.

《바보 빅터》는 두 주인공 빅터와 로라가 삶에서 잃어버린 '진실'을 되찾는 여정을 담은 책입니다. 두 사람의 이야기는 각각 교차로 전개되다가 후반부로 가면서 하나로 합쳐집니다. 이는 이들이 서로를 통해 자신의 모습을 발견하면서 함께 치유하고 극복해나가는 과정과 같습니다. 무엇 때문에 두 사람이 17년이라는 긴 시간 동안 절망과 고통 속에서 살아야 했고, 왜 인생에서 가장 중요한 것을 잃게 되었으며, 그것을 되찾았을 때 이들의 삶에 어떤 변화가 일어났는지 보여주고 있습니다.

또한 이 책은 '사실'에서 출발하고 있습니다.《마시멜로 이야기》가 스탠퍼드대에서 실시한 '마시멜로 실험'을 기반으로 풀어냈다면,《바보 빅터》는 훗날 국제 멘사협회 회장이 된 '빅터'라는 인물이 무려 17년 동안 '바보'로 살았던 실화를 바탕으로 이야기를 펼칩니다. 또 다른 주인공 '로라' 역시 '못난이' 콤플렉스 때문에 힘겨운 삶을 살았던 사연을 오프라 윈프리 쇼에 출연해 고백한 '트레이시'라는 여성의 이야기를 근간으로 하고 있습니다.

《마시멜로 이야기》와 《바보 빅터》는 분명 다른 이야기이지만 본질적인 부분에서 닮아 있습니다. 독자 여러분이 직접 찾아보시기 바랍니다. 힌트를 드리자면 마시멜로의 유혹을 뿌리치는 것과 스스로의 참모습을 찾아가는 과정은 모두 이것 없이는 가능하지 않다는 점입니다.

이 이야기가 독자 여러분의 삶을 더욱 값지고 풍요롭게 하는 데 큰 힘이 되리라 확신합니다.

여러분의 벗
호아킴 데 포사다

차례

인간은 스스로 믿는 대로 된다.

안톤 체홉

프롤로그

◇
◇
◇

　빅터가 여섯 살 때였다. 어느 날 아버지는 그를 데리고 보건소 아동상담센터를 찾았다. 상담사는 테이블에 여러 장의 그림 카드를 펼쳐놓았다. 카드에는 오리나 자동차 같은 단순한 그림도 있고, 각자 팔짱을 낀 채 등지고 있는 남녀 같은 아리송한 그림도 있었다. 빅터는 카드를 보며 오랫동안 상담사의 질문에 대답해야 했다. 알파벳을 암송하고 몇 곡의 노래도 불렀다.

　테스트가 끝나자 상담사는 서류에 무언가 체크하더니, 곁에서 지켜보던 아버지를 향해 말했다.

"테스트 결과, 댁의 아드님은 또래 아이들보다 인지력이 떨어집니다. 또한 언어장애도 의심됩니다. 그리고 또⋯."

상담사는 빅터와 눈이 마주치자 하던 말을 멈추고 턱으로 문을 가리켰다.

"넌 밖에서 기다리고 있겠니?"

상담사의 말에 빅터는 아버지를 올려다봤다. 아버지의 얼굴은 어린 그의 눈에도 확연히 느껴질 만큼 흙빛으로 변해 있었다. 빅터는 숨소리도 내지 않고 의자에서 일어나 조용히 문을 열고 나갔다.

대기실 선반에는 여러 가지 장난감들이 놓여 있었다. 그 중 빅터를 사로잡은 건 알록달록한 정육면체 모양의 큐브였다. 빅터는 마법에 걸린 듯 큐브를 잡았다. 힘을 주자 신기하게도 각 면들이 돌아갔다. 얼떨떨한 기분도 잠시, 이내 작은 손으로 큐브를 이리저리 돌리기 시작했다.

그렇게 10분 정도 흘렀을 때, 불투명 유리창 위로 상담실 안의 두 그림자가 일어서는 모습이 보였다. 빅터는 갑자기 두려움을 느꼈다. 아버지는 늘 남의 물건을 함부로 만지지 말고, 빌린 물건을 돌려줄 때는 원래 그대로 주어야 한다고 말했었다. 빅터는 쫓기는 사람처럼 더 빨리 큐브를 돌렸다.

어느새 문을 열고 나온 아버지와 상담사는 그 모습을 지켜보고 있었다. 상담사는 흥미롭다는 눈초리로 계속하라고 손짓했다. 아버지도 덩달아 앞마당 땅바닥에서 석유가 나오길 기다리는 사람처럼 아들을 뚫어지게 쳐다봤다. 빅터는 진땀을 흘리며 큐브를 맞춰나갔다.

"이… 이제 거… 거의 다….."

하지만 한참이 지나도 빅터의 손놀림은 멈추지 않았다. 지켜보던 상담사는 기다리기 지쳤는지 매니큐어가 칠해진 손으로 큐브를 빼앗아 들었다. 큐브는 단 한 면도 맞춰지지 않았다. 상담사는 고개를 절레절레 흔들고는 선반 위 장난감 사이에 큐브를 다시 던져놓았다.

그리고 인사도 없이 방으로 돌아갔다. 아버지의 얼굴은 상담실에서보다 더 어두워졌다.

아동상담센터를 나온 아버지는 주차장에 세워둔 차에 오르지 않고 길가의 공원으로 들어섰다. 그러고는 아무 말 없이 그저 걷기만 했다. 나뭇잎 사이로 햇살이 환하게 부서지고 있었다. 하지만 아버지를 뒤따라 걷는 빅터의 마음은 어두웠다. 허락도 없이 큐브를 만진 것 때문에 아무 말씀 안 하시는 걸까?

"죄… 죄송해요."

"뭐가 말이냐?"

"아… 아까 상… 자처럼 생긴 거…."

"큐브 말이구나. 뭐, 괜찮다. 그런 거 못해도 사는 데 아무 지장 없으니까."

"그… 그게 아니라 허… 허락 없이…."

"빅터야."

아버지한테는 빅터의 말이 귀에 들어오지 않는 모양이었다. 아버지는 무언가 결심을 한 듯 숨을 그세 들이 마시더니 한쪽 무릎을 꿇어 빅터와 눈높이를 맞추면서 말했다.

"저런 멍청한 여자 말은 귀담아 들을 필요가 없다. 누가 뭐래도 너는 이 세상에서 제일 똑똑한 아이다. 마음만 먹으면 무엇이든 할 수 있어. 알았지?"

아버지는 화를 내지도 않았고 야단을 치지도 않았다. 빅터는 아버지의 말을 제대로 이해하지 못했지만 어쨌든 고개를 끄덕였다. 아버지는 매점에서 아이스크림을 사주고는 혼자 호숫가로 걸어갔다. 그 뒷모습이 어쩐지 보이지 않는 짐을 지고 있는 것만 같았다. 빅터는 아버지가 아직 화가 안 풀린 것이라 생각했다.

"다… 다시는 하함… 부로 만… 지지 않을 게요."

아버지는 호수 앞에 무겁게 서 있기만 했다.

"그… 래도 큐큐… 브….."

빅터는 고개를 수그리고 변명하듯 중얼거렸다.

"도… 돌려놓으려고 해했… 어요. 워… 원래대로. 처… 처음 모양 그대로….."

아버지는 미동도 없었다. 빅터는 혀로 입 주위를 핥았다. 안절부절 못한 채 이리 저리 시선을 돌리던 빅터는 실눈을 뜨고 하늘을 올려다보았다. 파란 하늘 위에 햇살이 눈부셨다.

그때 빅터는 알지 못했다. 큐브는 각 면을 같은 색깔로 맞춰야 한다는 사실과 공원에서 했던 아버지의 말씀이 옳았다는 사실을. 안타깝게도 빅터는 시간이 한참 흐른 뒤에야 그 사실들을 깨닫게 되었다.

IQ 테스트

"바보에게 공부는 필요 없어!"

악몽에 시달리던 열다섯 살 빅터는 침대에서 벌떡 일어났다. 온몸은 식은땀으로 범벅이 되어 있었다.

'휴우, 꿈이었구나.'

빅터는 안도의 한숨을 내쉬었다. 하지만 얼굴의 그늘은 쉽게 사라지지 않았다. 그것은 꿈인 동시에 기억이었기 때문이다.

한 달 전 빅터는 컴퓨터실에서 어이없는 실수를 저질렀다. 로널드 선생이 컴퓨터를 '켜라on'라고 말한 것을 '열어라Open'로 잘못 알아듣고 PC 케이스를 뜯어내려 했던 것이다. 아이들은 입을 벌린 채 빅터를 쳐다보았고, 뒤늦게 이를 알아차린 로널드 선생이 부리나케 달려와 빅터의 귀를 고무처럼 잡아당겼다.

"넌 도대체 머릿속이 어떻게 돼먹은 거냐? 천 달러가 넘는 컴퓨터를 뜯어내겠다고? 돌고래도 너보다는 똑똑할 게다. 멍청한 놈. 바보에게 공부는 필요 없어! 나가서 장사나 배워!"

로널드 선생의 고함이 아직도 생생하게 들리는 것 같아 빅터는 귀를 막아버렸다.

오늘도 로널드 선생의 수업이 있는 날이다. 영원히 아침이 밝지 않았으면 했지만, 어느 새 동이 터서 창밖이 훤하게 밝아 있었다.

빅터는 몸서리를 치며 트레일러의 창문을 열었다. 건너편 정비소에서 자동차 타이어 휠 나사를 조이고 있는 아버지의 모습이 보였다. 아버지는 정비소 기술자들 중 가장 일찍 출근을 하고 가장 늦게 퇴근하는 사람이다. 그리고 가장 나이 많은 사람이기도 하다. 벤츠를 몰고 다니는 정비소 사장인 게레로 씨보다도 나이가 많지만 아버지에게는 집도 없다.

"빅터야, 일어났냐?"

빅터가 트레일러 문을 열고 나가자, 아버지가 손을 흔들며 시원스레 웃었다. 아버지는 환하게 웃고 있었지만 어딘지 슬퍼 보였다. 저 슬픈 표정을 빅터는 본 적이 있었다.

빅터와 아버지는 낡은 이동식 트레일러에서 살고 있다. 오랫동안 앓던 어머니가 세상을 떠난 뒤 아버지는 조금씩 술에 빠져들었고, 점점 취해 있는 날이 늘었다. 술 때문에 아버지가 몇 번이나 직장에서 쫓겨난 다음에는 살던 집도 잃게 되었다.

그러나 처음 트레일러로 짐을 옮겨 오던 날 빅터는 마냥 신이 났다. 트레일러를 타고 여행을 떠나는 줄 알았던 것이다. 어디로 떠나는 거냐고 연신 질문을 퍼부어대던 빅터에게 아버지는 아메리카 대륙 일주를 떠날 거라고 말했다.

"대… 대륙 일주요? 그… 그럼 우우… 편번호… 9… 0001 로… 스앤젤레스 890… 44 라라… 스베이거스 10… 001… 뉴… 욕도 간다고요. 또… 우우… 편…."

빅터가 미국의 전 도시와 우편번호를 말하기 전에 아버지는 이렇게 덧붙였다.

"그래, 전부 다 갈 거다. 돈을 조금 더 모은 다음에 말이다."

하지만 트레일러는 미국 대륙은커녕 도시 밖으로도 나가지 못했다.

술 때문에 몇 차례 더 직장을 옮겨야 했던 아버지는 옛 동료인 게레로 씨의 배려로 어렵사리 정비소에 취직했고, 트레일러를 정비소와 가까운 이곳으로 옮겨왔다. 그날 저녁 아버지는 술에 잔뜩 취해 트레일러 바퀴를 떼어냈다. 그리고 두 번 다시 대륙일주 이야기를 꺼내지 않았다. 트레일러의 네 바퀴가 떨어지자 아버지는 재미없는 사람이 되어버렸다. 대신 징비소의 궂은 일을 도맡아 하는 사람이 되었다.

빅터가 스쿨버스에 오르자 더프가 "꿔억! 꿔억!" 돌고래 흉내를 냈다. 실제로 돌고래가 그런 식으로 우는지는 잘 모르지만, 어쨌든 아이들을 웃기는 데는 효과 만점이었다. 스쿨버스 안에서 폭소가 터졌다.

아무리 재미없는 농담이라도 더프의 입에서 나오면 반응이 좋았다. 더프는 운동을 잘하고 머리도 좋고 쾌활한데다 얼굴도 잘 생겼다. 더프는 뭐랄까, 온 세상 사람이 사랑하는 것 같았다. 자기를 괴롭히지만 않았더라면 빅터 역시 그를 좋아했을 것이다.

빅터가 처량한 눈길을 보내자 더프는 히죽거렸다. 빅터는 수치심에 얼굴이 벌겋게 달아오른 채 자리를 잡기 위해 기웃거렸다. 창가 자리에 앉아 있던 아이들은 빅터가 다가오자 은근슬쩍 빈 옆자리에 가방을 올려놓거나, 아예 노골적으로 다리를 올려놨다. 아이들은 빅터와 가까워지는 것을 일종의 서열 추락으로 받아들였다.

"빨리 앉지 않고 뭐하는 거야? 너 때문에 출발을 못 하잖아!"

앉지도 서지도 못한 채 어물대는 빅터를 향해 버스 기사가 소리쳤다.

"꿔억! 꿔억! 꿔억!"

더프의 패거리들이 여기저기서 돌고래 소리를 냈다. 빅터는 무거운 발걸음을 떼며 통로를 걸어갔다. 그리고 버스 뒤편에서 가방이 놓여 있지 않은 빈자리를 하나 발견했다.

빅터는 옆자리의 주인을 힐끔 쳐다봤다. 기다란 갈색 머리카락을 말총처럼 묶은 로라가 조용히 창밖을 응시하고 있었다. 앉아야 하나 말아야 하나 망설이는 사이 버스가 출발해 빅터는 얼떨결에 자리에 엉덩이를 붙이게 되었다.

하지만 로라는 그때까지도 눈길 한 번 주지 않고 창밖만 바라보고 있었다. 무언가 곰곰이 생각하는 것 같기도 하고 명상에 잠긴 것 같기도 했다. 슬금슬금 곁눈질을 하던 빅터의 눈이 어느새 로라에게 박혔다. 콧잔등의 주근깨가 귀여웠다. 그리고 긴 속눈썹 아래로 빛나는 파란 눈동자가 살짝 보였다. 빅터는 로라가 푸른 눈동자를 지녔다는 사실을 처음 알았다. 이렇게 가까이에서 바라본 적이 한 번도 없었기 때문이다. 갑자기 빅터의 가슴이 콩닥거렸다.

"뭘 보니?"

석상처럼 앉아 있던 로라가 거슬린 듯 눈을 흘겼다. 빅터는 뜨거운 양철에 덴 것처럼 화들짝 놀랐다.

"고고… 마워. 로라."

"도대체 나한테 뭐가 고맙다는 거니?"

"여옆… 자리에 앉게 해줘서….”

"난 이 버스의 주인이 아니야. 빈자리에 앉는 건 너의 당연한 권리야.”

차가운 목소리였다. 그래도 빅터는 로라와 대화를 한다는 사실에 적잖이 흥분됐다. 빅터는 친구가 없어서 늘 혼잣말을 중얼거려야 했기 때문이다. 빅터는 마른 침을 삼키고 천천히 입을 떼었다.

"예… 예전에 흑인은 버스에 못 앉았대. 또… 또 여자는 투표권이 없었대. 그리고 로마시대엔…."

"도대체 무슨 소릴 하는 거야?"

로라는 어이없다는 표정으로 바라보다 쌀쌀맞게 고개를 돌렸다. 빅터는 고개를 숙였다. 당황할 때면 늘 그렇듯 손가락이 제멋대로 꼼지락거려졌다.

"호… 혹시 나 때문에 화… 난 거라면 미안해."

어찌할 바를 모르고 애처롭게 말하는 빅터를 향해 로라가 쏘아붙였다.

"너 정말 구제불능이구나."

대화는 그렇게 끝이 났다. 로라는 답답한 듯 크게 숨을 들이키고는 그대로 창가로 고개를 돌렸다.

빅터는 의기소침하게 등을 구부렸다. 한동안 떨리

는 손가락만 바라보고 있던 빅터의 눈길이 어느새 저도 모르게 로라를 향했다. 한 뼘쯤 열린 창으로 훈풍이 불어왔다. 로라의 갈색 머리카락이 바람을 따라 간지럽게 흩날렸다. 햇빛에 반짝이는 머릿결이 꼭 금실 같았다.

그날 2교시. 로널드 선생이 두툼한 종이 뭉치를 팔에 끼고 교실로 들어왔다. 로널드 선생은 그것을 IQ 테스트지라고 했다. 아이들은 예고되지 않은 상황에 웅성거렸다.

"선생님, 이번 주 시간표에는⋯."

"그게 무슨 상관이냐. 미리 공부를 한다고 머리가 갑자기 좋아지진 않아."

로널드 선생은 교실 안의 볼멘소리를 싹둑 자르고 무표정하게 IQ 테스트지를 돌렸다. 아이들은 책상 위에 오른 용지를 걱정 반 호기심 반으로 내려다보았다.

"선생님, 원숭이 IQ가 몇인가요?"

더프가 불쑥 질문을 던졌다.

"원숭이는 50 정도고 침팬지는 65 정도로 알려져 있지."

"그럼 돌고래는요?"

로널드 선생이 대답도 하기 전에 교실은 이미 웃음 바다가 되었다. 여기저기서 "꿔억! 꿔억!" 돌고래 울음 소리가 들렸다.

"하하하! 오늘 메를린 학교의 IQ 최저점이 깨지겠군."

"돌고래, 걱정 마. 동물보호협회에서 널 보호해줄 테니."

"꿔억! 간식은 정어리로 주세요, 사육사님. 하하하!"

교실 전체의 시선이 빅터에게 쏠렸다. 구석자리에 앉아 있던 빅터는 보이지 않는 총알을 맞은 기분이 들었다. 마음이 불편해지자 또 손가락이 타자를 치듯 저질로 움직이며 연신 책상 위를 두드렸다.

"빅터!"

로널드 선생의 호통소리가 들려왔다.

"그놈의 피아노 좀 그만 칠 수 없어?"

빅터는 손가락이 떨리지 않도록 두 손을 꼭 맞잡았다. 그때 더프의 비아냥거리는 목소리가 들려왔다.

"빅터는 특별히 더 문제를 잘 읽어야 할 거야. 수족관에 들어가고 싶지 않다면 말이지."

또 다시 교실 전체에 웃음이 터졌다. 빅터는 굽은 어깨를 더욱 움츠렸다.

못난이 콤플렉스

"어서 오렴."

로라가 현관문을 열고 들어서자 어머니가 웃으며 맞
았다.

"맛있는 냄새 나지? 오늘은 우리 못난이가 좋아하는
애플파이를 했지."

가족들은 로라를 '못난이' 라 불렀다. 기억나지 않을
정도로 어렸을 때부터 그렇게 불렸던 것 같다. 그러다
보니 그 애칭이 너무 자연스러워 오히려 이름을 불릴
때가 더 낯설있다. 간혹 넘들 잎에서 '못난이' 로 불릴 때는 창피하기도 했지만, 그렇다고 로라가 그 일로 가족을 원망한 적은 없었다.

'할 수 없지 뭐. 못났으니 못난이라 불리는 걸.'

로라는 거실에서 신문을 읽는 아버지를 발견하고 도망치듯 2층으로 올라갔다. 아버지의 헛기침 소리가 들렸지만 모른 척했다.

방에 들어온 로라는 주머니에서 열쇠를 꺼내 책상 서랍을 열었다. 서랍 안에는 2개의 보물이 들어 있었다. 첫 번째 보물은 돈을 모으는 깡통이었다. 로라는 단돈 1센트라도 생기면 여지없이 깡통에 돈을 집어넣었다. 성형수술을 하기 위해서는 돈이 필요했다. 특히 LA에서 수술을 받으려면 거금이 있어야 했다. 로라는 할리우드 주변에 솜씨 좋은 성형외과 의사들이 모여 있다고 잡지에서 본 적이 있었다.

'이 깡통이 가득 차면 못난이 인생도 안녕이야.'

로라는 깡통을 흔들며 묵직한 느낌을 확인하고 다시 서랍 깊숙이 집어넣었다. 그리고 두 번째 보물을 꺼냈다. 스프링이 달린 작가노트였다.

처음에는 그저 낙서를 끼적이는 정도였다. 그런데 두서없는 짧은 글도 훈련이 되는지 나중엔 꽤 그럴듯한 문장이 나왔다. 조금씩 글쓰기에 재미가 들린 로라는 노트에 일기를 쓰기도 하고 시를 쓰기도 했다. 나중엔 욕심이 생겨 짧은 이야기까지 만들었다.

로라는 글을 쓸 때면 답답한 현실에서 벗어나는 기분이 들었다. 마음이 후련했다. 주근깨투성이의 못난 얼굴도, 무엇 하나 잘하는 것 없는 못난 성품도, 아버지의 강압적인 목소리와 집안의 숨 막히는 공기도 모두 잊을 수 있었다.

로라는 책상 위에 노트를 펼쳤다.

'오늘은 뭘 쓸까?'

연필을 굴리던 로라는 아침 스쿨버스에서 빅터와 만난 일이 떠올랐다. 왜 빅터한테 화를 냈을까? 로라는 스쿨버스에서 과민반응을 보인 게 마음에 걸렸다. 빅터가 뭐라든 무시하면 그뿐이었는데. 하지만 이상하게 그냥 넘어가지지 않았다. 오래전부터 로라는 빅터를 볼 때마다 묘한 당혹감을 느꼈다. 자신의 단점을 닮은 자식을 바라보는 부모의 심정이랄까. 늘 의기소침하고 자신감이 없는 빅터의 모습은 자신과 너무 닮아 있었다. 둘이 차이가 있다면, 빅터는 소심함을 겉으로 드러냈고 로라는 아무도 눈치 못 채게 꼭꼭 감추고 있을 뿐이었다. 로라는 그 사실을 인정하고 싶지 않았다.

'됐어. 그 멍청한 녀석이 어떻게 되든 나랑 무슨 상관이람.'

로라는 노트에 적은 빅터의 이름을 지우고 다른 멋진 상상을 하기로 마음먹었다. 그때 문이 열렸다.

"야, 못난이. 프랑켄슈타인한테 연애편지 쓰냐?"

동생 토미였다. 로라는 노트를 덮고 신경질적으로 소리쳤다.

"당장 나가지 못해!"

"누군 오고 싶어서 온 줄 알아, 못난아. 밥 먹으러 내려오라잖아!"

로라는 인상을 쓰고 노트에 동생에 대한 불만을 썼다. 노트에는 집을 나가야 하는 이유가 매일 하나씩 늘어났다.

네 식구가 식탁에 둘러앉자 토미는 망원경으로 신대륙을 처음 발견한 항해사처럼 말했다.

"아빠, 못난이가 소설을 쓴대요."

아버지는 빵을 뜯던 손을 멈추며 로라를 바라봤다.

"소설이 아니라 그냥 글이에요."

로라는 고개를 숙인 채 변명 아닌 변명을 했다.

"나중에 작가가 될 거래요. 지난번에 나한테 그랬어요."

눈치 없이 또 토미가 끼어들었다. 그리고 아버지의 익숙한 코웃음 소리가 들렸다.

"흥, 작가는 아무나 되는 건 줄 아냐?"

로라는 입을 꾹 다문 채 샐러드를 씹었다. 아일랜드 소스를 뿌린 샐러드였지만 쓴맛이 났다.

"펜만 든다고 헤밍웨이가 되고 셰익스피어가 되는

거라면, 세상에 작가 아닌 사람이 없겠지. 뭐든 타고난 능력이 있어야 되는 거야. 허황된 생각 말고 현실적인 계획을 세워야지."

아버지의 말을 듣는 동안 로라는 식도가 꽉 잠기는 듯한 기분이었다. 찬물을 한 모금 크게 들이켠 후 로라는 용기를 내어 말했다.

"꿈은 꿀 수 있는 거잖아요. 그리고 노력하다 보면…"

열심히 항변을 하려 드는 로라의 말을 아버지가 가로막았다.

"아, 그래 우리 못난이, 말 잘했다. 꿈이라… 그럼 피겨 스타가 되겠다고 시작했던 스케이트는? 테니스도 라켓 몇 번 휘두르지 못하고 그만뒀지 아마? 그리고 피아니스트가 되겠다며 배운 피아노는? 그 꿈은 어디 간거냐? 오천 달러나 되는 피아노를 사줬더니 얼마 못 가서 일주일에 한 번 칠까 말까 하더구나."

그 말에 어머니가 끼어들었다.

"여보, 그 말씀은 그만 하세요. 그래도 토미가 잘 치고 있잖아요. 찬송가 반주까지 도맡아 하면서 칭찬받고 있으니 아까울 것 없는 걸요."

로라를 편들어주겠다고 나선 어머니의 말이 오히려 로라의 가슴을 찔러왔다. 아프지만 모두 사실이었기 때문이다. 로라는 이제까지 어느 것 하나 제대로 해낸 적이 없었다. 재능도 없고 끈기도 없고 자신감도 없었다.

"될성부른 나무는 떡잎부터 알아보는 법이다. 그 흔한 글짓기상 한 번 못 받은 주제에. 꿈속에서 헤매지 말고 앞에 놓인 일이나 제대로 해봐. 참, 못난아 내일 바자회에서 팔 레모네이드 준비는 잘돼가는 거냐?"

"아, 참…."

로라는 정신이 번쩍 들었다. 하마터면 까맣게 잊은 채 행사를 망칠 뻔했다. 로라는 포크를 접시에 놓고 조용히 자리에서 일어나며 말했다.

"레몬 사올게요."

언덕 위 교회의 하얀 십자가 위로 노을이 붉게 물들고 있었다. 아무도 없는 텅 빈 교회 앞마당에는 귀뚜라미 소리만 들려왔다. 로라는 레몬 바구니를 옆에 내려놓고 두 개가 나란히 걸린 그네에 앉았다. 그리고 석양을 멍하니 올려다보았다.

'난 왜 이렇게 못났을까?'

로라는 자신이 한심해서 견딜 수가 없었다. 공부, 재능, 외모, 끈기에 기억력까지, 무엇 하나 제대로 갖춘 게 없었다. 로라는 영화 속 주인공처럼 살고 싶었지만, 현실적으로는 특별한 존재들의 들러리밖에 되지 못하리라고 직감했다. 로라는 한숨을 내쉬며 그네에서 일어났다. 머리 위로 커다란 십자가가 보였다. 로라는 눈물을 글썽이며 십자가를 향해 몇 걸음 앞으로 걸어가 천천히 무릎을 꿇었다.

'왜 저는 이 모양일까요? 저도 특별한 사람이 되고

싶어요. 아름다운 사람이 되고 싶어요. 하느님, 저를 아름답게 만들어주세요. 제발 제게 능력을….'

그때 어딘가에서 인기척이 들렸다. 로라는 깜짝 놀라 무릎에 묻은 흙을 털고 일어나 조심스레 주위를 살폈다.

"거기 누구 있어요?"

자세히 보니 어둑어둑해진 풀숲의 나무 뒤편에 누군가 있었다. 숨어 있던 그림자가 나올까 말까 망설이더니 불쑥 튀어나왔다. 다름 아닌 빅터였다.

"너, 거기 숨어서 뭐하는 거니?"

로라의 날카로운 목소리에 빅터는 머뭇머뭇 다가오며 말했다.

"교… 교… 회에서 무료로 식료품을 주는 날이라서 아… 아버지를 기다리고 있었어."

"아버지는?"

"회… 회당에…. 우리 집은 가난해서 기도할 게 많거든."

로라는 주차장에 세워진 고물 트럭을 확인했다.

"나도 기도할 게 많아. 그러니까 방해하지 말아줄래?"

"무… 무슨 기도를 하려고?"

"몰라도 돼."

로라는 차갑게 대답하고 그네에 앉았다. 빅터는 머리를 긁적이며 주위를 서성였다. 로라는 빅터한테는 시선도 주지 않은 채 옆에 있는 빈 그네를 보며 말했다.

"타고 싶으면 타. 여긴 자유국가니까."

"고… 고마워."

빅터는 함박미소를 지으며 옆 그네에 올라탔다. 스쿨버스의 일을 다 잊어버린 것 같았다.

그네에 몸을 맡긴 소년과 소녀의 얼굴도 노을빛을 받아 붉게 물들어 있었다. 그네를 앞뒤로 흔들며 하늘을 바라보던 로라가 말했다.

"노을 참 예쁘다."

로라를 따라 하늘을 올려다보며 빅터가 말했다.

"너… 너도 예쁘잖아."

그 말에 로라가 그네를 멈추고 빅터를 쏘아봤다.

"뭐? 너 지금 나랑 농담하자는 거니?"

날카롭게 날이 선 로라의 눈빛에 빅터는 흠칫 놀라 멈춰 섰다.

"노… 농담 아니야. 조금 전에… 네가 노을 아래 기도하는 모습은…."

빅터는 정확한 단어를 찾으려는 듯 미간에 주름을 잡았다.

"아… 아름다웠어."

순간 로라는 머릿속이 하얗게 변했다. 지금껏 단 한 번도 아름답다는 말을 들어본 적이 없던 로라는 조금 전 자신의 기도를 빅터에게 들킨 것 같아 수치심을 느꼈다.

"너…."

한동안 당황해 말을 잇지 못하던 로라는 이내 얼굴이 빨갛게 달아올랐다. 이유를 알 수 없었지만, 부끄러

움보다 분노의 감정이 해일처럼 몰려왔다. 쑥스러운 비밀이 탄로나자 극도의 모멸감을 느낀 것이다.

"너 지금 사람 약 올리니? 어떻게 나한테 그런 말을 할 수가 있어? 다시는 내 눈 앞에 나타나지 마, 알았어? 이 바보 자식!"

로라는 그네 줄을 뒤로 출렁 밀치고 일어났다. 그리고 레몬이 가득 든 바구니를 품에 안은 채 언덕을 성큼성큼 내려갔다. 초저녁 어스름 아래 빈 그네와 빅터의 굽은 어깨만이 쓸쓸히 남겨졌다.

자신을 못 믿는 사람

　오후 수업이 시작되기 전이었다. 합창 연습을 마친 한 무리의 아이들이 교실에 들어와 자리를 잡았다. 교실에는 아직 절반 정도 빈자리가 있었다. 그 아이들은 밴드 연습을 마치고 악기를 정리하느라 조금 늦게 올 참이었다. 이때 창가에 기대어 서 있던 레이첼 선생이 손뼉을 쳐서 반에 있는 아이들의 시선을 모았다.

　"애들아. 우리 재미있는 실험 하나 해볼까?"

　"문학 수업에도 실험이 있나요?"

　누군가의 질문에 레이첼 선생은 빙긋 웃으며 종이 두

〈A〉

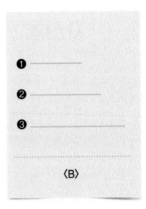

❶
❷
❸

〈B〉

장을 양손에 들었다. 호기심이 발동한 아이들은 그녀를
주목했다. 종이에는 간단한 그림이 그려져 있었다.

"왼쪽 종이의 직선과 길이가 똑같은 직선은 몇 번일
까? 눈을 감고 손가락으로 번호를 표시해보렴."

눈을 감은 아이들은 주저 없이 손을 펼쳤다. 손가락
들은 한결같이 V자 모양을 만들었다.

"모두 맞았어. 정답은 2번이야."

눈을 뜬 아이들은 서로의 손가락을 확인했다. 아이
들은 별 싱거운 것도 다 있다는 듯 뿌루퉁한 표정을 지었다.

"이게 실험이라구요?"

"호호호. 아니, 이제부터가 진짜 실험이란다."

레이첼 선생은 아이들을 가까이 모이게 한 뒤, 비밀 작전을 꾸미는 레지스탕스처럼 낮게 목소리를 깔았다. 본격적으로 전개될 실험 내용에 흥미를 느낀 아이들이 모여들었다.

"이제 너희는 A그룹이 되는 거고, 나중에 교실로 들어오는 아이들은 B그룹이 되는 거야. 너희들이 연극을 잘해야 실험이 성공할 수 있어."

"걱정 마세요. 녀석들을 완전히 속일 테니까요."

작전을 전달받은 아이들은 입가에 장난기 그득한 웃음을 머금고 각자의 자리로 돌아갔다.

수업시간이 다가오자 B그룹에 속할 나머지 아이들이 교실로 들어왔다. 곧이어 종이 울리자 레이첼 선생은 두 장의 종이를 들고 아이들 앞에 섰다. 그녀는 전과 마찬가지로 같은 크기이 지선을 찾아보라고 말했다.

"척 봐도 1번이잖아요!"

"아니야, 2번이잖아!"

"말도 안 돼. 저게 어떻게 2번이냐? 1번이지."

작전대로 A그룹 아이들이 1번이 맞다며 여기저기서 목소리를 높였다. B그룹 아이들은 혼란스런 기색이 역력했다.

"이제 눈을 감고 똑같은 크기의 직선이 몇 번인지 손가락으로 표시해보겠니?"

레이첼 선생의 말에 B그룹 아이들이 손을 들었다. A그룹 아이들은 손을 드는 척하고는 조용히 눈을 뜬 채 B그룹의 손을 확인했다. 손가락들이 제각각이었다.

이상한 낌새를 느낀 B그룹 아이들이 하나 둘 눈을 뜨자 A그룹 아이들은 웃음을 터뜨렸다.

"하하하. 너희들 바보냐? 그걸 못 맞히게."

B그룹 아이들이 어리둥절한 표정을 지었다. 레이첼 선생이 전후사정을 설명했다.

"방금 우리는 애시라는 심리학자가 사람의 동조성향

을 알아보기 위해 실시했던 실험을 재현했단다."

"동조성향이 뭐죠?"

"남의 의견에 자신의 생각을 맞추는 걸 말하지. 자, 생각해보렴. A그룹 친구들은 모두 정답을 맞혔지만, B그룹 친구들은 절반밖에 맞히지 못했어. 두 그룹의 차이가 뭐였을까?"

"A그룹한테는 선생님이 정답을 가르쳐주셨겠죠."

B그룹의 한 아이가 감쪽같이 속아 넘어간 게 분한지 투덜거렸다.

"아니야. A그룹은 방해를 받지 않았고, 너희 B그룹은 방해를 받았다는 게 차이점이지. 독립된 상황에 있던 A그룹은 자신이 스스로 생각을 했고, 방해자들에게 둘러싸였던 B그룹은 남의 생각에 동조했던 거야. 그러니까 자신을 믿느냐 남을 믿느냐의 차이지. B그룹은 자신을 믿기보다 남의 말에 흔들린 거야."

아이들은 흥미로운 사실에 눈을 반짝였다.

"예전에 백만장자들을 대상으로 부자가 된 비결을

물은 적이 있단다. 그들이 공통적으로 꼽은 비결이 뭔 줄 아니? 바로 자기믿음이었어. 자기믿음이란 자신의 생각과 자신의 직관, 그리고 무엇보다 자신의 가능성을 믿는 걸 말하지."

"에이, 그럼 누구나 다 백만장자가 됐게요."

"그래. 지금 너희들은 그렇게 생각하겠지. 그런데 어른이 되면 자신을 믿기가 어려워진단다. 방금 A그룹이 B그룹에게 직선의 크기를 맞히는 걸 방해한 것처럼 세상에는 수많은 방해자들이 있어. 그들은 언제나 우리 주위에 있지. 방해자들은 우리를 혼란에 빠뜨려. 그리고 우리에게 부정적인 프로그램을 주입시켜서 우리 자신을 의심하게 만들지. 스스로를 의심하기 시작하면 헤라클레스도 칼을 잡지 못하고, 사이영(미국의 전설적인 야구선수–편집자주)도 강속구를 던질 수가 없어. 그러니까 너희는 최후의 순간까지 자신에 대한 믿음을 버려서는 안 돼."

레이첼 선생은 시계를 확인하고 문학 수업을 시작했

다. 오늘도 진도가 늦어졌지만 레이첼 선생은 시간을 낭비했다고 생각하지 않았다. 학생들에게 잠재력을 발휘하도록 도와주는 것이야말로 교사의 진정한 임무라고 확신했기 때문이다.

수업이 끝나자 아이들이 썰물처럼 빠져나갔다. 교실에는 빅터만이 쭈뼛쭈뼛 서서 레이첼 선생의 눈치를 봤다.

"빅터야, 할 말이 있니?"

"이것… 하한… 번 봐주실래요?"

빅터는 부들부들 떨리는 손으로 노트를 내밀었다.

"지난 수업에… 선생님께서 마말… 씀하신 에… 에디슨 이야기를 듣고 저도 바발… 명품을 만들고 싶어서…"

노트에는 리모컨 그림과 간단한 설명이 삐뚤삐뚤한 글씨로 써 있었다. 그것은 일명 '소리 나는 리모컨'이었다. 집에서 리모컨을 잃어버렸을 때 리모컨에서 소리가 나게 해서 찾게 한다는 발상이었다. 레이첼 선생은 탄성을 질렀다.

"빅터, 대단한 걸. 이제 리모컨을 잃어버려도 거실을 헤집을 필요가 없겠구나. 정말 근사한 아이디어야."

빅터는 쑥스러워서 어찌할 바를 몰랐다. 빅터는 칭찬받는 것에 익숙하지 못했다. 레이첼 선생은 빅터에게 노트를 잠깐 빌려달라고 했다. 이것이 의기소침한 빅터에게 자신감을 불어넣을 수 있는 좋을 기회를 만들어줄 수 있을 것 같았다.

흥분된 기분으로 교무실로 들어온 레이첼 선생은 발명반 담당인 로널드 선생에게 빅터의 노트를 보여주었다.

"빅터의 작품이에요. 이걸 이번 발명 경진대회에 출품시키는 게 어떨까요?"

내키지 않는 표정으로 노트를 내려 본 로널드 선생은 빅터라는 이름을 듣자 혀를 차며 노트를 덮었다.

"그냥 멍청이인 줄 알았는데, 이제 보니 아주 몹쓸 녀석이군요."

"무슨 말씀이시죠?"

"소리 나는 리모컨은 작년 전국 학생발명대회에서 대상을 탄 작품입니다. 발명에 조금이라도 관심을 가진 사람이라면 다 알고 있는 사실이죠. 이 녀석은 교사의 관심을 받으려고 일부러 베낀 게 분명해요. 누가 바보 아니랄까봐 가장 유명한 발명품을 베꼈군요."

레이첼 선생은 빅터의 선량한 눈빛을 떠올렸다. 성적은 부진했지만 거짓말을 할 아이는 아니었다.

"빅터가 정말 모를 수도 있잖아요."

"그 녀석의 머리로는 그런 뛰어난 아이디어를 생각해낼 수가 없습니다."

"어떻게 단정할 수 있죠? 한 인간의 가능성이 어디까지인지, 실행해 보이기까지는 아무도 모른다고요."

로널드 선생은 그런 답변이 오리라 예상한 듯 일말의 동요도 없이 학적부를 꺼내서 보여주었다. 빅터의 학적부를 확인한 레이첼 선생은 믿을 수 없다는 표정을 지었다.

"봤습니꺼? 빅디는 IQ가 73이린 말입니다. 한마디

로 저능아죠."

그때 등 뒤에서 남학생의 웃음소리가 들렸다.

"빅터가 IQ 73이라고요? 푸하하하!"

볼일이 있어 교무실로 찾아왔던 더프가 두 사람의 이야기를 들은 것이다. 더프는 신기한 물건이라도 발견한 양 달려와서 학적부를 훔쳐봤다. 레이첼 선생은 황급히 학적부를 덮고 더프를 따로 불렀다.

"더프, 빅터의 IQ를 절대 다른 아이들한테 말해선 안 돼. 빅터를 위해 반드시 비밀로 해야 해. 약속할 수 있지?"

"뭐… 알았어요."

더프는 시큰둥하게 대답하고 키득거리며 밖으로 나갔다. 레이첼 선생은 빅터에게 일어날 불길한 예감을 지울 수가 없었다.

학교만큼 소문이 빠르게 도는 곳도 없다. 며칠 후 빅
터의 사물함에는 빨간 글씨로 'IQ 73' 이란 글자가 보
기 흉하게 그려졌다. 빅터의 등에는 늘 '바보', '저능
아' 라고 쓰인 종이가 붙어 다녔다.

　　아이들은 빅터를 '바보 빅터' 라 불렀다. 심지어 몇
몇 교사들도 그렇게 불렀다. IQ가 알려진 후 빅터는 노
골적으로 괴롭힘을 당했다. 빅터는 전교생의 만만한
장난감이자 놀림의 대상이었다. 빅터는 매일 쓰레기통
에 처박힌 신발을 찾아 신어야 했고, 복도를 걸을 때마
다 뒤통수를 맞아야 했다. 아이들은 잔인했다. 머리가
나쁘면 상처도 받지 않는다고 생각하는 것 같았다. 빅
터는 정말 바보가 되는 것 같았다. 빅터는 말을 더 더듬
었고, 수업시간에도 쫓기는 사람처럼 갈팡질팡했고,
혼잣말을 중얼거리기도 했다.

　　보다 못한 레이첼 선생이 빅터를 불러 상담을 했지

만 손을 쓰기엔 너무 늦은 상태였다.

"빅터야. 요즘 많이 힘들지?"

"괘… 괘… 괜찮아요. 하… 학교를 그만두기로 했거든요."

"뭐라고?"

"로… 로널드 선생님이… 아버지께 전화를… 제가 바보라서… 특수학교에 보내야 한다고….'

"넌 바보가 아니야. 빅터, 내가 로널드 선생님을 설득해볼게."

"소리….'

"뭐?"

"소리 나는 리모컨… 그게 벌써 발명된 줄은 저… 정말 몰랐어요. 미믿… 어주세요."

안쓰럽게 빅터를 바라보던 레이첼 선생은 그의 손을 잡았다.

"물론 너를 믿고말고. 그러니 빅터, 너도 스스로를 믿어야 해."

빅터는 순한 눈을 천천히 껌벅였다.

"무… 무슨 뜻인지 잘 모르겠어요. 저를… 미민… 으로라고요? 바… 바보가 바보를 믿으면… 더… 더 바보가될 뿐이잖아요. 저… 저는 도… 돈을 벌 거예요. 아버지를 도와드리고 싶어요."

레이첼 선생은 처음으로 교사로서의 무력함을 느꼈다. 손을 잡아주는 일 말고는 불우한 제자를 위해 더 이상 해줄 수 있는 일은 없었다. 사실 그녀도 알고 있었다. 열다섯 살 소년이 감당하기에 메를린 학교는 너무나 가혹한 곳이란 것을.

일주일이 지났다. 오전의 교정은 여느 때처럼 평화로웠다. 수업이 한창인 교실 창가에는 햇빛이 부드럽게내려앉았고, 나무들은 기지개를 켜듯 푸른 잎들을 흔들었다. 잔디 위에 군데군데 누워 있는 스프링클러기 규

칙적으로 돌며 반짝이는 물방울을 공중에 퍼뜨렸다.

본관 앞에는 빅터 아버지가 몰고 온 고물 트럭이 털털거리며 서 있었다. 빅터는 종이가방에 소지품을 챙겨 넣고 교정을 나섰다. 그를 배웅해주는 사람은 레이첼 선생뿐이었다.

"빅터야, 항상 무언가를 관찰하고 배워야 더 나은 사람이 된단다. 어른이 되어 배우는 공부가 진짜 공부야. 포기해선 안 돼."

"고… 고마워요…. 바보에게 잘해… 주셔서."

빅터는 학교 건물을 올려다본 후 트럭에 올라탔다. 트럭은 요란한 소리를 내며 후진을 하다가 다시 방향을 틀어 천천히 앞으로 나아갔다. 차창에 기댄 빅터의 눈앞에 스프링클러의 물방울들이 춤을 추며 따라왔다. 그 뒤로 날개를 펼친 청동 독수리상이 보였다. 한 번도 주의 깊게 살펴보지 않았던 탓에 빅터는 조각상 기둥에 글귀가 새겨져 있다는 걸 처음으로 알았다. 짧은 한 문장이었다.

Be Yourself(너 자신이 되어라).

　빅터는 무심한 표정으로 글귀를 바라보다 정면으로
고개를 돌렸다. 빅터는 그렇게 메를린 학교를 떠났다.
레이첼 선생은 트럭이 사라진 뒤에도 좀처럼 자리를
뜨지 못했다.

에머슨의 제1법칙

드르르륵.

복사기의 롤러가 규칙적인 소음을 내며 종이를 뽑아 냈다. 로라는 복사기 옆에 서서 복사물을 지켜보았다. 로라가 업무시간의 절반 이상을 보내는 일이었다.

"로라, 이것도 열 부씩 부탁해요."

"네, 옆에 놔두세요."

녹음기처럼 로라가 대답했다.

로라는 시청의 파트타임 직원이었다. 정규직으로 전 환되면 꽤 안정적인 직장이었고, 사람에 따라서는 시민을 위해 봉사한다는 자긍심을 느낄 수도 있었다. 그렇지만 로라가 원하는 일은 아니었다.

로라는 똑같은 종이 위로 똑같은 종이가 쌓여가는 광경이 마치 자신의 지난 10년처럼 느껴졌다. 복사물처럼 반복되는 일상. 키가 커지고 대학을 졸업하고 직장인이 됐지만, 그것이 지난 10년 동안 변화한 전부였다. 그녀는 뉴욕으로 떠나지 못했고, 작가가 되지 못했으며, 성형수술도 하지 못했다.

대학 진학은 자신의 꿈을 펼칠 수 있는 절호의 기회였다. 그러나 로라는 그 선택의 문 앞에서 여느 때와 같이 자신감을 잃고 말았다. 그리고 결국은 어느 정도 아버지 뜻대로 되었다. 로라는 커뮤니티칼리지를 졸업한 뒤 시간제 공무원이 되었고, 마침내 인간 복사기가 되었다. 변화가 아주 없었던 것은 아니다. 그나마 발전이 있다면 집을 떠나 독립을 했다는 것이다. 그것만으로도 큰 걸음이라고 생각해야 할까?

복사를 마친 로라는 사무실을 돌며 인쇄물을 나눠주

었다. 직원들은 로라의 존재를 망각한 듯 자신들의 작업에 열중했다. 복사처럼 아무나 할 수 있는 일의 장점은 위험부담이 없는 것이고, 단점은 복사기 정도의 취급밖에 받지 못한다는 것이다.

로라는 사무실 벽에 걸려 있는 벽시계를 보며, 보람 없는 일과가 빨리 끝나기만을 기다렸다.

✽

아파트로 들어온 로라는 창문을 활짝 열었다. 답답한 가슴이 뻥 뚫리길 바랐지만, 시원한 바람은 간데없고 후텁지근한 열기만 안으로 들어왔다.

'뉴욕은 이렇게 덥지도 지겹지도 않을 텐데.'

로라는 퇴근길에 사온 사과 한 개와 치즈 한 쪽을 잘라 조금씩 떼어 먹었다. 저녁식사는 그것으로 끝이었다. 로라는 체중이 50킬로그램도 나가지 않았지만 언제나 다이어트 중이었다. 얼굴도 못생겼는데 몸매까지

뚱뚱하다는 것은 견딜 수 없었다. 하지만 아무리 다이어트를 해도 몸매는 여전히 얼굴만큼 볼품없었다.

'난 왜 이렇게 초라하게 태어난 걸까?'

로라는 한숨을 쉬며 접시를 치웠다. 그리고 식탁 한편에 올려놓았던 우편물을 펼쳤다. 각종 광고물들 사이에 'RB출판기획'이라고 발신인이 적힌 봉투가 있었다. 로라는 이맛살을 찌푸렸다. 보나마나 출판사의 홍보물일 게 뻔했다.

로라는 대학시절에 작가 양성 프로그램에 참여한 적이 있었다. 3개월 동안 수강생들은 단편소설을 완성해야 했고, 그것은 동인지로 묶여 여러 출판사들에게 배포됐다. 그런데 출판사들은 작가 지망생들의 작품보다는 동인지에 게재된 연락처에 관심이 더 많았다. 그 후로 출판사에서는 신간서적 팸플릿이나 작가 양성 프로그램을 소개하는 홍보물들을 수시로 보내왔다.

참 대단한 마케팅이었다. 매번 속는 걸 알지만, 혹시나 이번엔 원고청탁이 아닐까 하는 헛된 기대에 뜯어보지 않을 수 없었다. 로라는 속는 셈 치고 이번에도 봉투를 뜯었다. 편지지에는 장문의 글이 쓰여 있었다. 로라는 눈을 동그랗게 뜬 채 읽고 또 읽었다.

'나랑 책을 쓰고 싶다고?'

꿈을 꾸는 것 같았다. 로라는 얼음물을 들이키고 가슴을 진정시켰다. 그러나 5분도 채 지나지 않아 심장은 다시 방망이질을 시작했다. 그날 밤 로라는 열 번도 넘게 편지를 읽었다. 도무지 잠이 오지 않았다.

"레이첼 선생님?"

"로라 던컨?"

10년만의 재회였다. 시내의 레스토랑에서 RB출판기획의 대표와 미팅을 갖기로 한 로라는 예약석에 앉아 있던 레이첼 선생을 보자 입을 다물지 못했다. 물론 놀란 쪽은 로라만이 아니었다.

"세상에, 혹시나 했는데 바로 너였다니!"

반갑게 마주앉은 두 사람은 서로의 근황을 물었다. 레이첼 선생은 근처 고등학교에서 문학을 가르치고 있었다. 그녀는 평소 교사 생활을 하며 깨달은 교훈들을 책으로 엮고 싶어 했다. 그래서 얼마 전 출판법인을 등록하고 본격적으로 공동 작업을 할 작가를 물색하는 중이었다.

"원래는 혼자 집필할 계획이었어. 그런데 글을 가르치는 것과 직접 쓰는 건 다르더구나. 그래서 글솜씨가 뛰어난 공동 저자를 찾다가 동인지에서 네 글을 봤지. 요즘엔 어떤 글을 쓰고 있니?"

"사실은 그게 처음이자 마지막 작품이었어요."

"아니 왜?"

로라는 작가 양성 프로그램에서 강사에게 혹평을 받은 이야기를 꺼냈다.

"그때 강사가 세 권의 책을 낸 소설가였는데, 제 글을 보너니 사춘기 소녀의 일기장 같다고 하더군요. 그 뒤로는 제 글이 형편없어 보이고 왠지 자신도 없어져서…"

이야기를 듣던 레이첼 선생은 검지를 흔들었다.

"월트 디즈니가 네 나이 정도 때였을 거야. 그는 만화를 그려서 잡지사에 투고했다가 보기 좋게 퇴짜를 맞았어. 이유가 뭔지 아니?"

로라는 고개를 갸웃거렸다.

"재미가 없어서였대."

"말도 안 돼요. 디즈니가 재미없으면 도대체 어떤 만화가 재미있다는 거죠?"

"그러게 말이야. 그런데 디즈니를 못 알아본 곳은 만화 잡지사만이 아니었어. 그 일로 낙심한 디즈니는 어렵사리 광고대행사에 취직을 했단다. 디즈니는 거기서 누구보다 열심히 그림을 그렸지. 하지만 결국 한 달도 채우지 못하고 쫓겨나버렸어."

"또 재미가 없다고 했나요?"

"아니, 이번엔 그림에 재능이 없다고 했어. 월트 디즈니한테 말이야."

"다들 눈이 어떻게 됐나보군요."

레이첼 선생이 무릎을 치며 말했다.

"바로 그거야. 아마 너를 비판한 소설가도 눈이 어떻게 됐을 거야. 그렇게 생각하고 방해자의 목소리는 잊어버려. 우리 주변에는 긍정적인 정보와 부정적인 정보가 혼재되어 있어. 성공하는 사람은 긍정적인 정보를 믿지. 공동저자를 찾기 위해 나는 아마추어 작가들의 수많은 글들을 봤단다. 그 중에 네 글이 가장 돋보였다는 거 아니? 내용도 참신하고 문체도 독특했지. 로라, 너는 재능이 있어."

로라는 가슴이 벅차올랐다. 설령 거짓말일지언정 누군가 "너는 재능이 있어", "너는 훌륭한 작가가 될 거야"라고 말해주길 얼마나 기다려왔던가. 지금껏 로라 주변에는 그 쉬운 말을 해준 사람이 아무도 없었다. 로라는 눈시울이 붉어지는 걸 느꼈다. 외롭게 긴 터널을 지나다가 드디어 빛을 발견한 기분이었다.

로라는 헛기침을 하며 눈물을 애써 감췄다.

"어떤 내용의 책을 준비하고 계신가요?"

"에머슨이 말한 제1 법칙."

"그게 뭔가요?"

"자기믿음."

로라는 어렴풋이 오래 전 교실에서 레이첼 선생이 실행했던 실험이 기억났다. 당시에도 레이첼 선생은 자기믿음이 성공의 열쇠라고 말했다. 로라는 그것이 진실인지 아직 확신할 수 없었다. 다만 확실한 건 로라는 스스로를 믿은 적이 한 번도 없었다는 사실이었다.

"좀 더 자세하게 설명해주시겠어요?"

"그래."

"잠시만요."

로라는 오랫동안 펼치지 않았던 작가노트를 꺼냈다. 포기했던 꿈을 되찾자 가슴엔 파도 같은 의욕이 넘쳐흘렀다. 로라는 '살아있는 기분'을 느꼈다. 그날 레스토랑의 영업이 끝날 때까지 두 사람의 열정적인 대화는 끝날 줄 몰랐다.

세상으로 나가는 통로

"어이, 빅터! 선반 위의 공구상자 좀 가져와!"

갈색으로 그을린 피부가 온통 땀에 젖은 젊은 정비 공이 소리쳤다. 바깥에서 자동차를 닦고 있던 빅터는 얼른 달려가 공구상자를 날랐다.

"빅터, 가서 콜라 좀 사와라. 정비공들 모두 먹을 수 있게 넉넉히."

닦고 있던 자동차로 돌아와 걸레를 들기 무섭게 게 레로 씨가 시가를 문 채 빅터에게 심부름을 시켰다. 빅 터는 아버지가 일하는 정비소에서 허드렛일을 하며 악간의 돈을 벌고 있다. 정비기술 하나 없는 빅터가 이 정비소에서는 가장 바쁜 사람이었다.

빅터는 바보로 사는 것도 그리 나쁘지 않다는 생각을 했다. 아무도 바보에게는 어려운 것을 요구하지 않았다. 가져오라는 것을 가져다주고, 옮기라는 걸 옮기며 시키는 대로 하면 됐다. 간혹 실수를 저지르거나 사고를 쳐도 사람들은 '바보가 그럼 그렇지' 하고 잘들 넘어가주었다. 오히려 바보가 무언가 아는 걸 말하면 사람들은 불쾌하게 여겼다. 그래서 빅터는 누가 자신과 다른 생각을 말할 때면 대꾸 없이 씩 웃기만 했다. 예전에 학교에 다닐 때처럼 질문을 해대는 일도 없었다.

빅터는 심부름을 다녀온 뒤 모두에게 콜라를 나누어주고, 자동차 아래에서 기름때를 묻히고 있던 아버지에게도 한 병 건넸다.

"이제 좀 쉬어라."

아버지가 몸을 일으켜 콜라를 받아들면서 말했다. 빅터 부자는 구석에 나란히 앉았다. 아버지는 아들의 얼굴을 측은하게 바라보았다. 요즘 들어 특히 그런 눈으로 빅터를 볼 때가 많았다.

"휴우."

아버지는 한숨을 쉬더니 담배를 꺼내 피웠다.

"아무래도 내가 선택을 잘못했던 것 같구나. 학교는 계속 다녀야 했어. 로널드 선생 말대로 특수학교라도 말이다."

"저는 이 일이 좋아요. 아버지랑 늘… 같이 있을 수 있잖아요."

아버지의 시커멓게 구멍 뚫린 잇새로 담배연기가 새어나왔다.

"너도 이제 스물세 살이다. 가장 좋을 나이지. 이렇게 허드렛일만 할 때가 아닌데…"

"여기도 재밌어요. 아저씨들 얘기도 듣고, 세… 상일도 배우고요."

"빅터야. 난 무식해서 정확히 뭐라 말해야 할지는 모르겠다만, 음… 그래, 여기 자동차가 보이지? 자동차를 구경만 하는 것과 직접 타보는 것은 분명 다르단다. 수만 번 구경을 했어도 단 한 번 타보는 것과 비교할 수가 없지. 직접 운전하는 것하고는 더 비교할 수 없고."

"저… 저기 마르코 형이 운전도 가르쳐준댔어요. 여자 친구가 생기면요. 그… 그러니까 배울 일은 없을 거예요."

해맑게 웃는 빅터의 모습을 보며 아버지는 한숨 섞인 담배연기를 크게 뱉어냈다. 그러고는 건너편에서 담배를 물고 있는 마르코를 불렀다.

"이봐, 마르코. 자네 오늘 오후에 예약된 수리가 있지? 그거 나한테 맡겨."

"에? 저야 좋지만… 어디 말씀해보세요. 도대체 무슨 아쉬운 소리를 하려는 거예요? 돈 빌려달라는 건 아니죠?"

"싱거운 소리. 자네가 빅터한테 운전을 가르쳐준다고 했다면서?"

그 말에 마르코는 미간을 찌푸리며 짜증스럽게 말했다.

"그거야, 저 녀석이 자꾸 운전대에 앉아보기에 그냥 해본 말이죠. 쟤가 어떻게 운전을 해요? 영감님도 참……."

하지만 아버지는 밀어붙였다.

"당장 오늘부터 시작해. 앞으로 한 달 동안 내가 자네 저녁일은 다 맡아줄 테니까. 됐나?"

그 말에 마르코는 찌푸렸던 미간을 슬쩍 펴며 고개를 끄덕였다.

"두 달로 하시죠. 그리고 저 녀석이 무섭다고 도망가는 건 난 몰라요."

"아… 아버지, 마… 마르코 형…."

빅터는 자신의 의사와 상관없이 순식간에 결정된 일에 그저 어리둥절할 뿐이었다.

❋

　고물 포드 트럭이 2차선 도로를 달렸다. 에어컨이 신통치 않아서 양쪽 창문을 활짝 열어놓았는데 다행이 바람이 시원했다. 마르코는 라디오에서 흘러나오는 노래를 따라 불렀다.

　빅터는 쉴 새 없이 흩날리던 머리카락을 손으로 쓸어 올렸다. 조금 전 겨우 10분 남짓 운전대를 잡았을 뿐인데 셔츠는 완전히 땀에 젖어 있었다. 운전대를 얼마나 꽉 쥐었는지 어깨와 목 근육에 경련이 날 지경이었다. 보다 못한 마르코는 첫 수업은 그쯤에서 됐다며 자리를 바꿔 앉자고 했다.

　빅터는 안도와 자책이 함께 밀려오는 감정을 느꼈다. 세상으로 나가는 일은 아직까지도 어려운 일이었다. 운전 역시 너무 큰 도전이었나 보다. 차창 너머 언덕길 위로 교회 첨탑이 보였다. 빅터의 두 눈이 무언가에 홀린 듯 언덕 교회를 향해 멈추었다.

"로라는 그때 무슨 기도를 했을까?"

오래 전 추억에 젖었던 빅터는 자신도 모르게 중얼거렸다.

"뭐라고? 아까 기도까지 했다고?"

빅터의 혼잣말을 잘못 알아들은 마르코가 눈썹을 찡긋 올리며 물었다.

"아… 그게 아니고. 아니, 기… 기도했어요."

빅터는 혼자 키득거렸다. 빅터의 혼잣말을 마르코가 엉뚱하게 해석한 것이 차라리 잘된 일이었다. 로라가 누구냐고 물어보면 골치 아파졌을 텐데 말이다.

교회가 가까워오자 빅터는 사탕을 꺼내 달콤함을 음미하듯이 옛 추억을 떠올렸다. 그날 저녁의 모든 것이 어제 일처럼 생생했다. 부드러운 미풍, 붉게 물든 하늘, 노을 아래서 기도를 하던 소녀…. 그 풍경은 마음에 조각칼로 새긴 것처럼 또렷하게 각인되어 있었다. 다만 로라가 무엇을 그토록 간절하게 기도했는지는 궁금증으로 남아 있었나. 어쩌면 그런 미스터리가 기어 속의 그림을 더욱 빛나게 만드는지도 몰랐다. 어쨌든 빅터는 그때를 생각하면 아직도 가슴이 두근거렸다.

'좋은 기억은 매일 되새겨야 해. 바보는 기억을 쉽게 까먹으니까.'

만약 인간이 죽을 때 한 가지 기억만 가질 수 있다면 빅터는 주저 없이 그 순간을 선택하리라 마음먹었다.

빅터는 멀어지는 교회를 바라보며 달콤한 비밀을 갖게 해준 하느님께 감사드렸다.

시내에 도착하자 마르코는 꼬깃꼬깃하게 구겨진 1달러짜리 지폐를 빅터의 손에 쥐어주었다.

"야, 바보. 가서 아이스크림 좀 사와. 이 코치님이 더워서 뒈질 것 같거든. 저기 길 건너 아이스크림 가게 보이지?"

마르코는 손바닥으로 빅터의 등을 치고 밖으로 내몰

았다. 빅터는 어깨를 잔뜩 움츠리고 아이스크림 가게를 향해 걸었다. 아버지는 항상 가슴을 펴고 다니라고 했는데 그게 잘되지 않았다.

'모자를 가져왔어야 했는데.'

가게 입구에 놓인 의자에 아이들 셋이 앉아 아이스크림을 먹고 있었다. 아홉 살 정도 되어 보였다. 빅터가 지나쳐 들어가려는데 등 뒤에서 아이들이 소리쳤다.

"와! 바보 빅터다!"

찌는 듯 더운 날이었지만 빅터는 갑자기 등줄기가 서늘해졌다.

"너 IQ가 73이라며. 정말이냐?"

아이들은 손에 든 아이스크림이 녹는 줄도 모르고 빅터를 손가락질하며 낄낄거렸다.

"내가 이사 오기 전에도 우리 동네에 바보가 있었는데, 밤마다 소리를 꽥꽥 질러댔어."

"왜 동네마다 바보가 하나씩 있을까?"

"참 신기하다, 히히."

그러다 덩치가 제일 큰 아이가 빅터 앞으로 왔다.

"너 도마뱀을 잡아먹어서 바보가 됐다며?"

"아… 아니."

"그럼 전갈한테 머리를 물린 거야?"

"아… 아니."

"아니긴 뭘 아니야!"

퍽! 덩치 큰 아이가 빅터의 엉덩이를 발로 찼다. 빅터가 비틀거리자 다른 아이가 재미있다는 듯 반대쪽 엉덩이를 걷어찼다.

"푸하하하!"

웃음소리가 들렸다. 아마 어른을 때린 적은 처음인지 묘한 쾌감을 느끼는 것 같았다. 빅터는 연신 엉덩이를 걷어차였다. 그러다 누군가 샌드백을 치듯이 주먹으로 옆구리를 쳤다. 꼬맹이 치고는 손이 꽤 매웠다. 빅터는 결국 자리에 주저앉고 말았다. 그러자 크고 작은 주먹과 발이 사방에서 날아들었다. 빅터는 두 손으로 얼굴을 막고 신음했다.

"너희들 뭐하는 짓이니!"

여자의 음성이 들렸다. 아이들은 움찔, 동작을 멈췄다. 그리고 참새들처럼 냅다 도망치기 시작했다. 소리가 사라지자 빅터는 비로소 안심했다.

"이봐요, 몸은 좀 어때요?"

"괘… 괜찮아요. 전 아… 무렇지도 않아요."

빅터는 한두 번 당하는 일이 아니라는 듯 가볍게 바지를 털고 일어나면서, 멍한 표정으로 자신을 구해준 목소리를 향해 고개를 들었다. 그녀를 바라본 순간 빅터는 망치로 머리를 얻어맞은 것 같았다.

"어, 로… 로라."

고귀한 목표

    로라는 일주일에 두 번씩 레이첼 선생의 집으로 찾아갔다. 로라는 레이첼 선생이 모아둔 자료와 원고를 바탕으로 글을 정리했고, 두 사람은 그것을 다시 검토하고 발전시켜나갔다. 둘 다 직장생활을 하고 있었기에 피곤할 만도 했지만, 녹음기와 따뜻한 차가 놓인 거실 테이블에는 언제나 웃음소리가 오갔다.

    "이걸 한번 읽어보겠니?"

    레이첼 선생은 신문을 펼쳐서 로라에게 건네주었다. 신문 상담란에는 스미스라는 금융인의 이야기가 실려 있었다.

어려서부터 영민했던 스미스는 명문 대학을 졸업했다. 부모의 권유에 따라 금융회사에 취직한 스미스는 승승장구하여 고액 연봉자가 되었다. 고급 이태리제 양복, 유럽에서 직수입한 스포츠카, 롱아일랜드의 별장, 아름다운 부인 그리고 무엇보다 동경의 눈으로 쳐다보는 사람들의 시선은 그에게는 삶의 의미였다.

그런데 얼마 전 스미스는 잘못된 거래로 회사에 커다란 손실을 끼쳤다. 다행히 회사에서는 그의 실수를 용서해주었지만, 정작 그는 어리석은 거래를 한 자신을 용서할 수 없었다. 그는 스스로에게 실망했고 점점 매사에 자신감이 없어졌다. 게다가 자신보다 젊고 잘생기고 유능한 경쟁자가 등장하자 지독한 콤플렉스에 시달려야 했다. 스미스는 스토커처럼 경쟁자의 일거수일투족을 감시했다. 때로는 경쟁자를 쫓아낼 음모를 꾸미기도 했다. 하지만 경쟁자를 미워할수록 그에게 돌아오는 건 깊은 자괴감뿐이었다. 그는 샤워실의 거울을 보면서 아이처럼 울고 말았다.

"참 별일이네요. 잘 나가는 월스트리터가 자신을 초라하다고 여기다니."

"누구에게나 고민이 있지. 스미스의 경우는 자기믿음을 상실했어. 그에게는 학벌과 경제력이 자기믿음의 원천이었지. 그런데 커다란 실패를 맛보고 자기보다 더 좋은 배경을 가진 사람이 나타나자 급격하게 자아가 위축된 거야. 사실 이런 사람들일수록 콤플렉스가 더 강한 법이거든. 예를 들어 자신의 외모에 대한 우월감으로 사는 사람은, 더 예쁘고 더 젊은 사람 앞에서는 무너져버리지. 자기믿음은 결코 외적인 것에서 나오는 게 아냐. 로라, 이번엔 이걸 보겠니?"

레이첼 선생은 자료를 모아둔 박스에서 사진을 꺼내 테이블에 올려놓았다. 그걸 보자 로라는 얼굴이 화끈거렸다. 사진 속에는 실오라기 하나 걸치지 않은 맨몸의 남자들이 행진을 하고 있었다.

"이 사람들은 인도의 자이나교 나체 수도승들이야. 이들은 무소유의 정신을 몸소 실천하며 고행을 하지. 어떤 사람들은 와이셔츠에 작은 얼룩만 묻어도 부끄러워하지만, 이들은 알몸으로도 당당해. 왜냐하면 고귀한 목표를 가지고 있으니까."

"고귀한 목표요?"

"나체 수도승들의 인생 목표는 깨달음이야. 그것은 인생을 걸어도 될 만한 가치 있는 목표지. 깨달음, 인류애, 애국, 예술적 발전, 미지의 탐구, 사회공헌… 이런 고귀한 목표를 가진 사람들은 남과 자신을 비교하지 않아. 고귀한 목표는 비교급이 아니니까. 무엇보다 고귀한 목표는 우리를 당당하게 만들어. 그리고 우리의 잠재력을 최대한으로 끌어올리게 하지. 그 에너지가 어느 정도냐 하면, 사람의 목숨을 살리기도 해."

레이첼 선생은 자료함에서 빅터 프랭클에 관한 파일을 꺼내 보여주었다.

제2차 대전 당시, 유태인 의사 빅터 프랭클은 아우슈비츠 수용소에 수감되었다. 그곳은 지옥보다 더 끔찍한 곳이었다. 고통을 이기지 못한 수감자들은 자살을 하거나 병에 걸려 하나둘씩 죽어갔다. 프랭클도 예외는 아니었다. 발진티푸스에 걸리고 만 그는 고열에 시달리며 생사를 넘나들었다. 하지만 그는 삶을 포기하지 않았다. 그에게는 살아야 할 이유가 있었다. 그것은 나치에게 빼앗긴 원고를 되찾아 연구를 완성하는 것이었다.

병마를 이겨낸 빅터 프랭클은 아우슈비츠의 수감자들을 관찰하기 시작했다. 그 결과 가치 있는 목표를 가진 사람이 살아남은 확률이 높다는 사실을 발견했다.

전쟁이 끝나자 그는 수용소의 체험을 바탕으로 로고테라피라는 실존분석적 심리치료를 개발함으로써 심리치료 발전에 기여했다. 훗날 그는 이렇게 말했다.

"인간이 인생을 바쳐서라도 진정으로 추구하려고 하는 것은 바로 의미 있는 삶을 사는 것입니다."

파일을 읽어 내려가던 로라는 고개를 들고 레이첼 선생을 바라보았다. 인도의 나체 수도승들이 '깨달음'이라는 목표를, 빅터 플랭클이 '심리치료 발전'이라는 목표를 가졌던 것처럼, 레이첼 선생은 '자기믿음의 힘을 세상에 전파'하겠다는 목표를 가지고 있었다. 고귀한 목표는 사랑이 충만한 사람들만이 가질 수 있는 것이었다. 로라는 생각했다. 고귀한 목표를 향해 전진하는 사람들은 어느새 고귀한 인간이 되어간다는 것을. 로라는 레이첼 선생처럼 아름다운 사람이 되고 싶었다.

"오늘은 여기까지 할까?"

거실에 헤드라이트 불빛이 넘어왔다. 두 사람을 위해 자리를 피해줬던 레이첼 선생의 남편과 아들이 외출에서 돌아온 모양이었다. 로라는 자료를 정리하고 일어섰다.

"아참, 얼마 전에 빅터를 봤어요."

"빅터 플랭클을?"

"아뇨, 빅터 로저스. 메를린 학교에 다니던…, 기억 나세요?"

빅터의 이름이 나오자 레이첼 선생은 다급한 듯 그의 안부를 물었다. 예상 밖의 반응이었다.

"자세히는 모르겠어요. 동네 못된 녀석들한테 괴롭힘을 당하고 있더라고요. 그냥 인사만 하고 헤어졌어요."

"부탁이 있는데 빅터 연락처를 알 수 있을까?"

사정은 알 수 없었으나 레이첼 선생의 얼굴에는 안타까움과 간절함이 묻어나 있었다. 로라는 저도 모르게 고개를 끄덕이고 말았다.

일주일 뒤 로라는 게레로 정비소로 차를 몰았다. 빅터는 그곳에서 일한다고 말했었다. 전화번호부에서 주소를 찾아 로라는 길을 물어가며 찾아가는 중이었다.

이렇게 수고를 자청한 것은 레이첼 선생의 부탁을 들어주기 위해서이기도 했지만, 사실 그것이 전부는 아니었다. 10년 만에 아이스크림 가게 앞에서 만난 날, 다 큰 어른이 아이들한테 무기력하게 맞고만 있던 모습에 로라는 빅터에게 화가 났었다. 그래서 그저 한두 마디 근황만 나누고 어색하게 헤어졌는데, 그것이 못내 마음에 걸렸다. 어째서일까? 로라는 어쩐 일인지 빅터에게 자꾸 화를 내게 된다. 10년 전에도, 그리고 10년 만에 우연히 만난 지금까지도.

"아름다웠어…."

로라는 10년 전 그날 밤의 목소리를 지금도 생생하게 기억하고 있다. 10년 전 어느 밤 빅터가 자신에게 했던 말은 어떤 문구보다 더 강하게 남아 있다. 간혹 스스로 한심하다고 느껴지는 순간, 그 말은 기억의 저편에서 불쑥 튀어 올라 마법처럼 위로가 되곤 했다.

'왜 그런 말을 했을까? 내 못생긴 얼굴을 비아냥거릴 만큼 나쁜 애는 아닌데. 아니, 그렇게 복잡하게 생각

할 만한 녀석이 아니잖아.'

장난삼아 말했다고 하기에는 당시 빅터의 얼굴이 너무 순수했다. 어쨌든 그 일을 생각하면 누군가 일기장을 훔쳐본 것 같아 얼굴이 달아올랐다. 하지만 이내 고개를 저었다. 그저 어쩌다 튀어나온 말이었을 테고, 빅터는 그 말은 물론 그날의 만남 자체도 다 잊고 있을 거라 생각되었던 것이다.

"저, 빅터 로저스를 만나러 왔는데요."

정비소 앞에 차를 세운 로라는 남미계 젊은 남자를 향해 말했다. 그녀를 유심히 훑어보던 그가 길 건너편 트레일러를 향해 소리쳤다.

"어이, 빅터! 바보 빅터! 누가 찾아왔는데!"

잠시 후 트레일러 안에서 빅터가 얼굴을 내밀었다. 로라는 길을 건너 트레일러 쪽으로 걸었다. 다가오는 로라의 모습을 보자 빅터의 눈이 튀어나올 듯 커졌다.

"로… 로라, 여… 여긴 어떻게…"

빅터는 잠시 당황해 어쩔 줄 모르다 트레일러 앞에

놓인 벤치에 로라를 안내했다. 벤치 한 편에는 잡동사니들이 어질러져 있었다. 빅터는 황급히 그것들을 챙겨 들고는 옆에 있던 박스 위에 얹어 놓았다. 꾸러미 안에는 문손잡이 비슷하게 생긴 물건 두 개가 놓여 있었다. 로라가 유심히 바라보자 빅터가 말했다.

"주… 줄넘기야."

"줄넘기? 그런데 줄은 어디에 있니?"

"이… 이건 주… 줄이 없는 줄넘기야."

빅터는 무언가를 자랑하고 싶은 아이처럼 수줍게 웃었다. 로라가 이해를 못하겠다는 듯한 표정을 짓자 빅터는 양손에 줄넘기를 쥐고 펄쩍펄쩍 뛰었다. 당황하는 로라의 모습을 보며 빅터가 머리를 긁적였다.

"미안…."

박스 안에는 각종 잡지와 책들이 쌓여 있었다. 만화책과 소설책도 보였지만 대부분은 과학이나 컴퓨터 관련 서적들이었다. 로라는 시험 삼아 가장 가까운 곳에 있던 브리태니커 백과사전을 들었다. 책장을 넘겨보니 각 장마다 밑줄이 그어져 있었다.

"설마 브리태니커 스물네 권을 다 읽은 건 아니겠지?"

"고물상에서 얻어온 거야. 21권은 모… 못 읽었어. 주… 주인이 버릴 때 깜박했나봐. 아니… 21권을 이… 잃어버려서 내다 버렸는지도 모르겠지만."

"왜 읽었는데?"

"그냥, 재… 재미있어서…."

빅터는 부끄러운 듯 고개를 숙인 채 말했다. 로라는 박스 옆에 세워진 모서리가 깨진 간이 칠판을 다시 보았다. 처음엔 당연히 낙서나 메모라고 생각했는데, 자세히 보니 수학공식이었다.

"저것도 네가 풀었단 말이야? 그냥 재미로?"

"저…그건 좀 다른 사정이 있어서…."

그러면서 빅터는 좀 알쏭달쏭한 이야기를 꺼냈다.

한 달 전 빅터는 아버지가 고장 난 자동차를 견인하러 가는 것을 돕기 위해 함께 트럭에 타고 101번 국도를 지났다고 한다. 그런데 창밖 풍경을 감상하던 빅터의 눈에 뭔가 이상한 게 보였다. 어느 도로변이나 마찬가지로 거기에도 옥외 광고판이 세워져 있었는데, 광고판에는 아무런 문구도 없이 수학 문제만 덩그러니 그려져 있었다는 것이다. 호기심이 발동한 빅터는 광고판의 문제를 수첩에 적었고, 집으로 돌아와 그 문제와 씨름했다.

"사… 사실 문제는 어… 렵지 않았어. 자연… 로그의 밑 e의 값을 알면 되니까. 그런데 막상 문제를 푸… 풀고 나니까 진짜 의문점이 떠올랐어. 어… 어째서 수학 문제가 광고판에 적혀 있었을까? 도대체 왜? 누가 그… 런 광고판을 만들었을까? 온종일 그 새생… 각만 했지만 내 머리로는 수수… 께끼를 풀 수가 없었어."

빅터는 책상에 팔꿈치를 대고 머리를 쥐어뜯었다.

"로라, 너… 넌 이유를 아니? 로라는 대… 학을 나왔잖아."

빅터는 구원의 여신을 대하듯 로라를 쳐다봤다.

"글쎄, 컴퓨터에 물어봐야 하지 않을까? 요즘은 인

터넷이라는 것도 있잖아."

로라는 스스로 생각하기에도 미안할 정도로 성의 없는 대답을 내놨다. 하지만 빅터에게는 그것이 굉장한 발견이었나 보다. 빅터는 상대성 이론을 막 발견한 아인슈타인 같은 표정을 지었다. 그러고는 오른손을 턱에 올린 채 로라 주위를 빙글빙글 돌았다.

"그래 이… 인터넷, 분명 인터넷 주소일 거야!"

빅터는 칠판으로 달려가 손으로 정답을 가리켰다.

"이 숫자를 치면 비… 비밀스런 사이트로 이이… 동하게 될 거야. 스… 파이들이 지령을 주고받는 사이트. 거기에 들어가면 케… 케네디 암살 비밀이나 유에프오의 정체를 알 수 있을지도 몰라."

빅터는 밑도 끝도 없는 공상에 빠져 황당한 말들을 중얼거렸다. 아무래도 이대로 놔뒀다가는 이야기가 4차원으로 뻗어갈 태세였다. 로라가 화제를 돌렸다.

"혹시 레이첼 선생님을 기억하니?"

선생님의 이름이 나오자 빅터는 탄성을 질렀다.

"무물… 론이야! 날 칭찬해주신 유유… 일한 선생님인 걸…."

레이첼 선생님이 만나보고 싶어 한다는 말을 로라가 전하자 빅터는 또 한번 탄성을 질렀다. 선생님의 관심에 감동을 받은 것 같았다. 얼굴을 보니 당장이라도 찾아갈 기세였다. 하지만 왜인지 금세 풀이 죽고 말았다. 아마 자신의 처지를 부끄럽게 여기는 것 같았다.

"이건 선생님 전화번호야. 만날 생각이 있으면 연락드려. 선생님의 말을 전했으니 이만 난 가볼게."

"버… 벌써?"

빅터는 헤어짐을 못내 아쉬워했다. 로라는 빅터의 터전이 흥미롭기는 했지만 낯선 곳에서 오래 머물고 싶지는 않았다. 바보로만 알고 있던 빅터가 어려운 수학공식을 풀어냈다는 것도 이상했다. 이 혼란스러운 기분에서 빨리 벗어나고 싶었다.

빅터는 차가 주차된 곳까지 로라를 배웅했다.

"로라, 부… 부딕이 있는데 우리 집에는 커… 김퓨디

가 없어서…."

"그래 알았어. 네가 말한 숫자를 주소창에 넣어볼게."

"또 만날 수 이있… 을까?"

로라가 차 문을 열자 빅터가 물었다. 로라는 대답 대신 작은 웃음을 지으며 불편한 상황을 넘겼다. 로라는 다시는 빅터와 만날 일이 없을 거라고 확신했다. '추억은 추억으로 남겨둘 때 의미가 있을 뿐'이라는 문구를 떠올리며 로라는 제법 감상적인 기분에 젖어들기까지 했다.

하지만 불과 사흘 만에 그녀의 예상은 보기 좋게 빗나가버렸다.

호기심이 가져온 행운

토요일 아침이었다. 로라의 작은 아파트에는 자판을 두드리는 소리가 경쾌하게 울렸다. 테이블에는 레이첼 선생이 보내온 원고와 녹취 테이프가 놓여 있었다. 이제 원고를 정리하는 것은 온전히 로라의 몫이었다. 로라는 출근을 하지 않는 주말을 이용해 가능한 한 많은 원고를 쓰고 싶어서 이른 아침부터 글을 써내려갔다.

산을 오르는 한 남자가 있었다. 태양은 뜨거웠고 남자의 이마에는 송골송골 땀이 맺혔다. 남자는 극심한 갈

증에 시달리고 있었다. 그런데 어디선가 물소리가 들렸다. 수풀을 헤치고 들어가자 넓은 개울이 보였다. 남자는 주저 없이 개울로 달려가 벌컥벌컥 물을 들이켰다. 천만금을 주어도 아깝지 않을 만큼 물은 꿀맛이었다. 목마름이 사라지자 남자는 만족한 얼굴로 고개를 들었다. 하지만 곧 그의 얼굴은 고통으로 일그러졌다. 개울가에 세워진 표지판에 Poison이라고 쓰여 있었던 것이다. 남자는 구조를 요청하기 위해 등산로로 뛰어갔다. 몸이 점점 뜨거워졌다. 현기증이 나고 구토가 나왔다. 급기야 남자는 바닥에 쓰러져 정신을 잃고 말았다.

등산객들에게 발견된 남자는 병원 응급실로 실려 갔다. 등산객들에게 전후사정을 전해들은 의사는 고열에 신음하던 남자에게 말했다.

"지난주에도 개울물을 마신 등산객이 실려 왔죠. 너무 걱정하실 필요는 없습니다. 그 등산객은 지금 아주 건강하니까요. 그는 '낚시Poisson'라고 써진 표지판을 '독약Poison'으로 착각했을 뿐이었거든요. 당신도 혹시 표지판을 봤나요?"

그러자 불덩이 같던 남자의 체온은 거짓말처럼 정상으로 돌아왔다. 사람들은 정신의 힘을 과소평가한다. 정신은 정신일 뿐이고 현실에서는 아무런 영향도 끼치지 못한다고 생각한다. 하지만 정신은 행동을 지배한다. 표지판을 잘못 본 등산객의 경우처럼 정신은 심지어 육체에까지 영향을 미친다. 당신이 무엇을 믿느냐에 따라 당신의 현실이 결정된다.

그때였다. 갑자기 현관 벨이 울렸다.

'누구지? 이 시간에….'

찾아올 사람은 아무도 없었다. 가족들도 이렇게 일찍 찾아오는 일은 없었다. 로라가 인터폰을 연결하자 낯선 남자의 목소리가 들렸다.

"로라 던컨 씨 댁이 맞습니까?"

예의 바른 목소리의 남자는 자신을 컴퓨터 기업인 에프리의 인사담당자라고 소개했다. 그제야 로리의 미릿속에 벨이 울리듯 기억이 떠올랐다.

사흘 전 빅터를 만나고 온 로라는 시청의 컴퓨터를 이용해 인터넷 주소창에 빅터가 부탁한 숫자를 입력했다. 허무맹랑한 광고판 이야기는 믿지 않았지만, 손가락을 몇 번 움직이면 되는 일이라 밑져야 본전이라는 생각에서였다. 주소를 화면에 입력하자 이상한 글귀가 떴다.

애프리의 특별 채용 합격을 축하드립니다.
귀하의 이메일 주소와 전화번호를 남겨주십시오.

로라는 그것이 애프리의 상품 광고나 누군가의 고약한 장난이라고 생각했다. 그런데 맙소사, 장난이 아니었나 보다. 로라가 현관문을 열자 말끔하게 차려 입은 남자 두 사람이 서 있었다. 한 사람의 손에는 커다란 꽃다발이 들려 있었다. 그는 꽃다발을 로라에게 내밀었다.

"환영합니다. 애프리에서 던컨 씨를 모시고자 합니

다. 이메일 주소나 전화번호도 없고 집 주소만 적혀 있어서 이렇게 불쑥 찾아올 수밖에 없었습니다."

로라는 '이메일 주소'를 쓰라는 말을 그냥 '주소'로 알았던 것이다. 로라는 잠시나마 또 다시 자책감에 빠졌다.

'그것 하나 제대로 못 쓰다니….'

하지만 아직 이메일은 그녀나 일반인들에게 낯선 것이었으므로 있을 법한 실수였다. 적어도 이 순간은 그렇게 생각하자고 로라는 마음을 달랬다.

로라는 직원에게 애프리가 모셔야 할 주인공은 자기가 아님을 서둘러 설명했다. 당혹스러웠지만 일이 더 커지기 전에 실토해야 할 것 같았다.

"아, 그랬군요. 그럼 그 명석한 친구 분은 어디에 계시나요?"

로라는 하마터면 웃음을 터뜨릴 뻔했다. 빅터와 '명석함'이란 단어는 어울리지 않았다. 엊그제만 해도 바로 로라이 눈앞에서 빅터는 '바보'리 불리고 있지 잃있던가.

로라는 애프리 직원들의 차를 함께 타고 빅터의 집으로 향했다. 가는 동안 로라는 궁금했던 것을 물었다.

"질문이 있는데요, 왜 도로 한복판에 암호 같은 광고판을 세워놓았죠? 신문에 사원 모집 광고를 냈으면 수천 명이 응모했을 텐데요."

"특별한 인재를 뽑기 위한 특별한 방법이었죠."

남자는 서류가방에서 사진을 꺼내어 보여주었다. 빅터가 말한 광고판 사진이었다.

"101번 도로에는 하루에도 수십만 대의 차량이 지나갑니다. 아마 수많은 사람들이 우리의 옥외 광고판을 봤겠지요. 그런데 '왜 광고판에 수학 문제가 그려져 있을까?' 하고 스스로에게 질문을 던진 사람은 많지 않습니다. 옥외 광고판을 만든 지 두 달이 지나도록 신규 채용 사이트에 접속이 없었죠. 만약 로라 씨가 광고판을 봤다면 어떤 생각이 들었을 것 같습니까?"

"글쎄요. 아마 그냥 저런 게 있나 보다 하고 지나갔

겠죠."

"네, 대부분의 사람들은 생활에서 뭔가 이상한 점을 느껴도 그것을 알아보려고 하지 않습니다. 오히려 이상한 점을 당연하게 여기기까지 하죠. 하지만 호기심이 왕성한 사람들은 그냥 넘어가지 않습니다. 그들은 질문을 하죠. 왜? 왜? 왜? 언제 어디서나 질문을 하는 사람. 이들이 애프리가 원하는 창조적인 인재들입니다. 바로 빅터 씨처럼요."

아무래도 이들은 빅터에 대한 환상을 가지고 있는 것 같았다. 이들은 빅터에 대해 꼬치꼬치 묻기 시작했다. 로라는 빅터에 대해 별로 아는 게 없었지만 최대한 긍정적인 인상을 심어주고 싶었다.

"빅터는 취미 삼아 발명 비슷한 걸 해요."

"어떤 발명품이죠?"

"이를테면 줄 없는 줄넘기랄지…."

여기까지 말하자 로라는 아차 싶었다. 안경 쓴 남자의 표정은 얼음처럼 굳어졌다. 로라는 괜한 말을 꺼낸 것 같아 죄책감이 들 지경이었다.

"정말 천재적인 발상이군요!"

안경 쓴 남자가 무릎을 쳤다. 로라는 자신의 귀를 의심했다. 천재적 발상?

"평범한 사람들이 무언가를 만들 때는 대부분 기존의 것에서 디자인을 살짝 고치거나 몇 가지 기능을 추가하죠. 이른바 지루한 덧칠작업이죠. 그에 반해 천재들은 사물의 결정적인 요소를 바꿉니다. 새로운 물건이 아니라 새로운 가치를 만들죠. 세상에, 줄넘기에서 줄을 없앨 생각을 하다니. 정말 친구 분을 빨리 만나 뵙고 싶네요!"

그는 진흙 속에서 진주를 캐낸 것처럼 흥분했다. 로라는 가치관의 혼란을 겪었다. 이쪽 세계에서는 바보로 통하는 빅터가 저쪽 세계에서는 '명석'하고 '창조적'이고 게다가 '천재적'인 인물로 비치고 있었다. 로라로서는 도무지 어느 쪽이 진실인지 구분해낼 도리가 없었다.

애프리 직원들과 로라를 태운 고급 승용차가 게레로 정비소 건너편의 트레일러 앞에 섰다. 트레일러 앞 벤치에 앉아 뭔가 열심히 만들고 있던 빅터는 차에서 내려 달려오는 로라를 보고 벌떡 일어섰다. 로라는 아까 자신이 잘못 받았던 꽃다발을 빅터에게 건네며 말했다.

"빅터, 광고판에 정말 비밀이 숨어 있었어."

믿음보다 큰 두려움

"정말 근사한 청년이 됐구나. 널 얼마나 보고 싶었는지 모른단다."

레이첼 선생은 인사말을 받기도 전에 빅터를 끌어안았다. 로라와 빅터는 레이첼 선생의 집을 방문했다. 거실에 둘러앉은 스승과 두 제자는 차가 식는 줄도 모르고 이야기에 빠져들었다. 빅터에게 생긴 기이한 사건을 로라가 흥분된 어조로 전하자 레이첼 선생은 감탄사를 연발했다. 그런데 정작 주인공인 빅터는 의기소침하게 차만 홀짝거렸다.

"빅터, 주저하는 이유가 뭐니?"

"저… 저는 자격이 어… 없는 걸요."

애프리에서는 빅터를 기획 파트 직원으로 특별 채용하고 싶다고 했던 것이다. 획기적인 아이디어로 세상을 깜짝 놀라게 할 새로운 상품을 기획하는 일을 맡기고 싶다고 했다. 빅터가 조심스럽게 자신의 학력에 대해 말했지만, 그들은 전혀 상관없다고 했다. 더욱이 이것은 애프리 회장의 의견이며 모든 선택권은 빅터에게 있다고 했다.

빅터는 물론 로라도 얼떨떨했다. 모두들 탐내는 기회를 선뜻 받아들이지 못하는 빅터에게 애프리 직원들은 조금 놀라는 듯했고, 그들의 그런 모습에 로라는 더욱 놀랐다. 결국 로라는 일주일 동안 생각할 기회를 달라고 상황을 중재하고, 레이첼 선생의 도움을 얻자고 빅터를 설득했다. 그리고 이렇게 레이첼 선생의 앞에 앉게 된 것이다.

"빅터, 너는 충분히 자격이 있어. 애프리의 입사시험

은 펜과 종이로 치르는 시험은 아니었지만, 분명 그것은 시험이었고 너는 합격을 했으니까."

"그… 그렇지만 저는… 중학교도 못 나온…."

"애프리에서 MIT 출신을 뽑을 생각이었다면 애초에 그런 광고판은 만들지도 않았겠지. 애프리는 엘리트들이 놓치는 무언가를 네가 찾아주길 바라는 거야."

빅터는 여전히 자신 없는 표정으로 찻잔만 빙글빙글 돌렸다. 물끄러미 제자를 바라보던 레이첼 선생은 무언가 생각난 듯 미소를 지었다.

"강철왕 카네기가 풋내기 시절 때였어. 일자리를 알아보던 카네기는 피츠버그 전신국에서 전보 배달원을 모집한다는 소식을 듣고 면접장으로 달려갔지. 그런데 사실 그에게는 문제가 있었단다. 그는 피츠버그의 지리도 잘 몰랐고, 수십 킬로미터를 돌며 전보를 배달하기에는 몸도 허약했지. 하지만 면접관이 언제부터 일할 수 있겠느냐고 질문하자 카네기는 '지금 당장이요!' 라고 대답했어."

레이첼 선생은 빅터와 눈을 마주쳤다.

"생각해보렴. 카네기도 분명 두려웠을 거야. 전보 배달을 하기에는 치명적인 약점을 가지고 있었으니까. 그래도 그는 기회를 잡기 위해 용기를 냈어. 기차표는 없었지만 일단 기차에 올라탔지. 너도 두려움을 이겨내야 해."

빅터는 속마음을 들킨 듯 뜨끔한 표정을 지었다.

"서… 선생님 말씀이 맞아요. 저는… 무… 무서워요."

"네가 잘못된 게 아냐. 누구나 미래에 대해 두려워하지. 사실 사람들이 자신을 믿지 못하는 가장 큰 이유는 두려움이란다. 조롱을 받을지 모른다는 두려움, 실패할지 모른다는 두려움은 우리를 위축시키고 주저하게 만들지. 그 두려움 때문에 사람들은 좋아하는 옷도 못 입고, 좋아하는 일도 시도하지 못하고, 좋아하는 사람한테 고백도 못하지. 사실 나도 그랬단다."

"선생님이요?"

로라와 빅터는 믿지 못하겠는 표정을 지었다. 레이

첼 선생은 윙크를 하며 찻잔을 들었다.

"너희는 믿지 못하겠지만 난 원래 소심한 아이였어. 사람들 앞에서 학예회 발표를 하는 게 무서워서 도망을 친 적도 있었지. 그러다 열일곱 살 때 인생의 중대한 전환점을 맞았단다. 아버지와 차를 타고 집으로 가던 중이었어. 중앙선을 침범한 오토바이가 우리한테 달려들었지. 아버지는 충돌을 피하기 위해 급히 핸들을 돌렸고 우리 차는 균형을 잃고 도로 밖으로 튀어나갔어. 차가 주사위처럼 데굴데굴 구르는 짧은 순간, 내 눈앞에는 17년의 세월이 두꺼운 책을 빠르게 넘길 때처럼 지나갔지."

차를 한 모금 마신 뒤 레이첼 선생이 말을 이었다.

"하느님의 은총으로 다행히 아버지도 나도 크게 다치진 않았지만 그 사건으로 나는 충격적인 체험을 했단다. 바로 죽음에 대한 체험이었지. 죽음은 먼 것이 아니었어. 병원에서 퇴원을 하고 내가 가장 먼저 한 일은 짝사랑하던 남학생의 집을 찾아가는 거였어. 나는 팔에 깁스를 한 채 그 남자애에게 고백을 했어. 언제 다시 죽음이 찾아올지 모르는데, 사랑하는 사람한테 고백도 못해보고 죽는 건 너무 억울하단 생각이 들었거든."

"그래서 어떻게 됐나요?"

로라는 레이첼 선생의 연애사에 관심을 기울였다.

"보기 좋게 거절당했어. 그 후로는 그 애와의 관계가 어색해져서 자주 만날 수 없었지. 또 퇴짜를 맞았다는 소문이 돌아서 망신을 톡톡히 당했고. 그때 슬펐냐고? 물론이야. 하지만 후회는 없었어. 내가 할 수 있는 온 힘을 다했으니까. 오히려 슬픔이 지나간 뒤에는 해방감을 느꼈지."

"그럼 지금 남편 분은 어떻게 만나셨나요?"

로라는 그녀의 남편이 잠들어 있는 침실을 가리키며 말했다. 레이첼 선생은 손끝을 턱에 대고 잠시 추억에 잠겼다.

"대학교 4학년 때였어. 또 한번의 사랑이 찾아왔지. 나는 그 남자에게 잘 보이고 싶어서 나름대로 노력을 했어.

그런데 아무런 반응도 오지 않더구나. 졸업이 가까워오자 난 초조해졌어. 더 이상 만날 기회가 없었으니까. 여자로서 먼저 고백을 하는 게 부끄러웠지만 나는 그에게 고백을 했어. 상처를 받는 게 고백도 못하고 후회하는 것보다는 나으니까. 그런데 그 고목 같은 남자가 갑자기 눈물을 흘리더구나. 이런, 알고 보니 그는 대학 1학년 때부터 날 짝사랑하고 있었어. 저 바보는 4년 동안 나한테 말도 제대로 붙이지 못하고 혼자 끙끙 앓았던 거야. 워낙 자존심이 강한 남자라 거절당하는 걸 두려워했지. 나중에 들으니 《위대한 개츠비》의 개츠비처럼 백만장자가 돼서 날 찾아올 계획이었다고 하더구나. 그것 참 내가 데이지처럼 다른 남자와 결혼해 있으면 어쩌려고 말이야. 어쨌든 내가 용기를 내지 않았다면 우리는 사랑하는 마음을 간직한 채 멀어져야 했을 거야. 다만 내 그런 용기 덕분에 매일 밤마다 저 헬리콥터 소리를 들어야 하지만."

　침실에서 레이첼 선생 남편이 코고는 소리가 들려왔다. 모두 웃음을 터뜨렸다. 레이첼 선생은 두 제자를 흐뭇하게 바라보았다.

"교통사고 이후 내 삶은 달라졌단다. 오늘이 지상에서 마지막 날일수도 있다는 생각을 가지고 매일 후회 없는 하루를 살기 위해 노력했지. 너희도 임종하는 순간을 상상해보렴. 과연 실패했던 일들이 후회가 될까? 아니, 절대 그렇지 않아. 오직 시도하지 않은 것만이 후회로 남지. 빅터, 사실 내가 너를 만나고 싶었던 이유도 후회 때문이었단다. 그때 나는 너를 너무 쉽게 포기했어. 나는 교사로서 최선을 다하지 못했고 그게 후회로 남았어. 나는 지금 하느님이 내게 그때의 실수를 만회할 기회를 주셨다고 생각한단다."

레이첼 선생은 한 손으로 빅터의 손을, 또 다른 손으로 로라의 손을 잡으며 말했다.

"이 세상에 완벽하게 준비된 인간이란 존재하지 않아. 또 완벽한 환경도 존재하지 않고. 존재하는 건 가능성뿐이야. 시도하지 않고는 알 수가 없어. 그러니 두려움 따윈 던저버리고 부딪쳐보렴. 너희들은 잘할 수 있어. 스스로를 믿어봐."

레이첼 선생의 집을 나온 후 로라는 빅터를 집까지 바래다주기로 했다. 레이첼 선생의 격려를 받은 두 사람은 고무되어 있었다.

차가 중간쯤 이르렀을 때 로라는 빅터에게 양해를 구하고 핸들을 꺾었다. 그들이 도착한 곳은 쇼핑몰이었다. 차에서 내린 로라는 기다려달라는 말을 남기고 쇼핑몰로 들어갔다. 그리고 얼마 뒤에 작은 상자를 들고 돌아왔다.

"자, 입사 선물이야."

빅터는 고맙다는 말조차 못하고 숨을 멈췄다.

"별거 아니야. 지금 뜯어볼래?"

빅터는 조심스럽게 포장을 뜯었다. 상자에는 빨간색 줄무늬 넥타이가 들어 있었다. 빅터는 넥타이를 무릎에 올려놓고 빈 상자를 이리저리 살펴보았다.

"뭘 찾니?"

"서… 설명서. 넥타이 매는 법을 몰라서…."

로라는 손으로 입을 막고 웃었다. 로라는 빅터의 목에 넥타이를 걸고 매듭을 짓기 시작했다. 그녀도 서툰 솜씨여서 매듭이 풀어졌다 묶어지기를 반복했다. 매듭을 만드는 로라의 두 손이 자신의 턱 끝에 스칠 때마다 빅터는 마른 침을 삼켰다.

매듭이 완성되자 로라는 넥타이 목을 길게 늘여서 빅터의 머리에서 빼냈다. 그리고 그 넥타이를 빅터의 손에 쥐어주고 다시 차를 몰았다.

빅터는 둥글게 고리모양이 만들어진 빨간색 줄무늬 넥타이를 내려다보았다. 평생 넥타이를 맬 일이 없을 거라 생각했는데 그것이 지금 손안에 있었다. 이제 빅터는 경험해보지 못한 세계로 나아가야 했다. 그리고 상상을 현실로 만들어야 했다. 빅터는 단단하게 묶인 매듭을 만지며 한껏 용기를 냈다.

내 눈으로 보는 세상

구름 한 점 없었다. 멋진 현대식 건물을 배경으로 한 하늘은 아찔할 정도로 파랬다. 건물 앞에 있는 애프리의 로고 조형물이 날카롭게 빛을 반사하고 있었다. 세계 최고의 컴퓨터 기업 애프리. 빅터는 잡지에서만 봐 왔던 그 유명한 건물 앞에 서 있었다.

"들어가시죠."

차에서 내린 채 한동안 우두커니 서 있던 빅터를 인사담당자가 안내했다. 건물 1층에는 컴퓨터 관련 기기들이 연대기적으로 전시되어 있었다. 그것들을 계속

구경하고 싶었지만 남자는 발길을 재촉했다.

로비에서 간단한 수속을 마친 뒤 두 사람은 엘리베이터를 탔다.

"어… 어디로… 가는 건가요?"

빅터가 두리번거리며 묻자 남자가 말했다.

"회장님께서 기다리고 계십니다."

그 말을 듣는 순간 다리가 후들거렸다. 빅터는 애프리의 창립자인 테일러 회장이 컴퓨터 시대를 개척한 살아있는 전설이라는 이야기를 잡지에서 읽은 적이 있었다.

"테… 테일러 회… 장님이요?"

남자는 고개를 끄덕이며 대답했다.

"네, 테일러 회장님께 안내해드리겠습니다."

남자를 따라 엘리베이터를 타고, 또 복도를 걸어가는 동안, 빅터는 점점 몸이 작아지는 느낌을 받았다. 납작하게 바닥에 닿을 만큼.

드디어 회장실에 들어서자 중년의 남자가 환한 얼굴

로 일어났다.

"바로 자네로군! 내 수수께끼를 푼 장본인이."

테일러 회장이었다. 그는 악수를 청하며 반겼다. 이제껏 빅터가 주위에서 본 적 없는 자신감 넘치는 사람이었다. 옷차림도 색달랐다. 멋진 양복재킷 아래에는 낡은 청바지에 운동화 차림이었다. 빅터는 그 모습이 레몬을 한입 베어 문 것처럼 신선하다고 생각했다.

"애프리의 직원이 된 걸 환영하네."

인사를 먼저 해야 한다는 생각이 잠시 머리를 스쳤지만, 빅터의 입에서는 다른 말이 먼저 튀어나왔다.

"왜 저… 같은 사람을…."

테일러 회장은 그 말뜻을 금세 알아차리고는 대답했다.

"아, 학벌 때문에 고민했다지? 하지만 학벌 따위는 아무 것도 아니야. 세상의 기준이지 내 기준은 아니니까."

빅터는 회장의 얼굴과 하얀 운동화를 번갈아 바라봤

다. 뭔가 알쏭달쏭했다.

"세… 세상의 기준이 오옳… 은 것 아닌가요?"

"전혀 그렇지가 않네."

테일러 회장은 웃으며 검지를 흔들었다. 그리곤 검지를 가슴팍에 대고 줄을 긋듯 수직으로 내려 그었다.

"사람들은 심장이 왼쪽에 있다고 말하네. 그런데 사실 심장은 인체 중앙에 있어. 약간 왼쪽으로 치우쳤을 뿐, 일반적인 위치 개념으로는 분명 중앙이야. 하지만 으레 심장은 왼쪽에 있다고 알아왔던 탓에 모두 그렇게 말하는 것일세. 학창시절에 심장이 가운데 그려진 인체해부도를 수없이 봤음에도 불구하고 자신의 눈보다 잘못된 상식을 더 믿는 거지."

빅터는 오래전 생물시간에 봤던 인체도감을 머릿속에 떠올렸다. 하지만 지금 이 말이 대학은커녕 고등학교도 졸업하지 못한 자신이 이 회사에 들어올 수 있었던 이유와 어떤 관계가 있는지 도통 알 수 없었다. 빅터의 마음속 의문과는 상관없이 테일러 회장이 말을 이었다.

"우리가 절대불멸의 진실이라고 믿는 과학은 또 어떤가? 천재들이 만든 복잡한 이론이 영원할 것 같지만 누군가 오류를 발견하면 그 이론은 허물어지지. 천동설의 운명처럼 말이네. 과학도 일시적인 진실일 뿐이지. 그 어떤 것에도 흔들리지 않는 절대 진리가 존재하는지 나는 알 수 없네. 다만 확실한 건, 아이디어의 세계에서는 어떤 진리도 없다는 걸세. 오직 내가 진리야."

머릿속이 더 복잡해져가고 있었다. 이제 테일러 회장도 빅터의 머릿속을 읽은 것 같았다. 그는 잔뜩 긴장하고 있는 빅터의 눈을 잠시 들여다보더니 말을 계속했다.

"하지만 대부분 사람들은 세상의 기준에 자신을 맞추지. 학력, 직업, 패션, 자동차… 심지어는 인생의 동반자까지. 그들은 시대의 흐름에 맞춰 산다고 안도하지만, 결국 세상의 기준에 끌려다니는 것에 불과해. 이런 정신으로는 혁신적인 것을 만들 수가 없지. 시대를 선도하기 위해서는 세상의 기준이 아니라 나만의 기준을 따라야 하네. 남이 만든 표지판을 따라가는 게 아니라 내가 직접 표지판을 세워야 해."

빅터는 자신에게 '나만의 기준'이 있는지 곰곰이 생각해봤다. 아무것도 떠오르지 않았다.

"저… 한테는 그런 대단한 보… 보물이 없는 걸요."

빅터는 야구 카드숍 앞에서 빈 호주머니를 뒤적이는 아이처럼 의기소침하게 말했다.

"아냐. 자네만의 기준은 이미 자네 안에 있어. 관건은 나만의 기준을 따르느냐 마느냐 선택하는 것일세."

"자신을… 믿으란 마말… 씀인가요?"

빅터는 레이첼 선생이 했던 말을 떠올리며 말했다. 그러자 테일러 회장은 고개를 크게 끄덕였다.

"바로 그걸세. 자네가 아무리 세상의 기준과 다른 길을 가고 있더라도, 자네 스스로 자신을 믿는다면 누군가는 알아줄 거야. 내가 이렇게 자네의 기능성을 발견한 것처럼 말이지. 하지만 반대로 자네가 자신을 믿지 못한다면, 그 누구도 자넬 믿어주지 않을 걸세."

빅터는 마른 침을 삼켰다.

'자신이 기준을 세워야 한다. 세상이 비웃더라도 자신이 옳다고 믿어야 한다. 허허벌판에 표지판을 세워야 한다. 그래야 앞서갈 수 있다. 여기에는 물론 엄청난 자신감이 필요하다. 과연 내가 그런 대단한 일을 해낼 수 있을까?'

"빅터 로저스."

테일러 회장이 두툼한 그의 두 손을 빅터의 어깨 위에 올려놓았다.

"자네는 여태껏 재능을 펼칠 기회가 없었을 뿐이야. 자네는 해낼 수 있어. 나는 알아."

그의 눈은 확신에 차 있었다. 빅터는 뜨겁고 고귀한 열정이 전염되는 것을 느꼈다. 불안감은 마법처럼 사라지고 그 자리에 성취하고픈 욕망이 가득 채워졌다.

잠시 후 회장실을 나오며 빅터는 최면에 걸린 사람

처럼 중얼거렸다.

"나… 의 기준… 나를… 믿어라. 나를 믿어라."

❀

빅터는 자신의 이름이 새겨진 직원카드를 신기한 듯 들여다봤다.

"회사 내에서는 항상 직원카드를 착용해야 합니다. 그리고 명함은 곧 받아볼 수 있을 겁니다."

테일러 회장과의 미팅이 끝난 후 모든 일은 일사천리로 진행되었다. 애프리에서 직원카드와 명함만 제공한 것은 아니다. 빅터가 임시로 지낼 수 있는 숙소와 최신형 컴퓨터도 지원해주었다. 무엇보다 빅터를 흥분시킨 건 보장항목이 빼곡한 의료보험이었다. 드디어 아버지에게 새 치아를 해드릴 수 있는 길이 열린 것이다. 빅터는 이 사실을 아버지 생일 때까지 비밀로 하기로 했다.

'생일파티를 치과에서 하면 어떨까? 깜짝 놀라시겠지.'

빅터는 밤마다 아버지의 가지런한 치아를 상상하며 행복한 얼굴로 잠이 들었다. 그런데 문제는 낮이었다.

출근길에 직원카드를 목에 걸 때면 메달을 받은 것처럼 뿌듯했지만, 막상 사무실에 들어오면 쇠사슬로 목이 감긴 것처럼 고개가 숙여졌다. 빅터는 업무에 대해 남들보다 모자라다기보다는, 아는 게 하나도 없었다. 그는 매일 사무용 가구처럼 조용하게 창가 자리를 지켜야만 했다. 가만히 있는 것은 무척 곤혹스러웠는데, 이는 지켜보는 쪽도 마찬가지였다.

팀원들은 원숭이 우리로 출몰한 염소를 바라보듯 어리둥절해했다. 어느 날 정체불명의 젊은이가 특채 직원이라는 이름으로 하늘에서 뚝 떨어진 것이다. 특채 직원은 학력도 없고 경력도 없었다. 행동도 좀 이상했다. 그렇지만 함부로 대할 수는 없었다. 그는 테일러 회장이 직접 선발한 인재였기 때문이었다.

"빅터라는 특채 말이야. 좀 이상하지 않아?"

"그렇긴 하지. 그래도 테일러 회장님이 찾아낸 인재라면 우리가 모르는 뭔가가 있지 않겠어? 소문에는 회장님의 기대가 대단하다던데."

우연히 직원들의 소곤거림을 들은 이후 빅터는 마음을 다잡았다. 자신에게 특별한 무언가가 있다고는 믿지 않았지만 어떤 식으로든 움직여야 했다. 무엇보다 자신을 믿어준 테일러 회장을 실망시키고 싶지 않았다.

❀

"아이디어를 만드세요. 그것이 빅터 씨의 업무입니다."

빅터를 담당한 팀장은 빅터가 할 일은 그것뿐이라고 말했다.

"아… 아이디어를 만든 다음에는 어… 어떻게 하죠?"

"기획서를 써서 제출하세요."

"기… 기획서는 어… 어떻게 쓰는 건가요?"

그러자 팀장은 짜증을 내며 말했다.

"바보도 알아보게 쓰십시오!"

순간 정체가 들킨 것 같아 뜨끔했지만, 한편으로 그 말은 빅터를 편안하게 만들어주었다. 어차피 어렵게 쓰고 싶어도 그럴 역량이 못되었다.

다음날부터 빅터는 두툼한 스프링 노트를 가지고 와서 공상을 종이에 그려 넣었다. 이런 일이라면 평소에도 늘 해왔던 터였다. '이런 물건이 있으면 좋겠다' 라는 생각이 들면 빅터는 정비소 구석이나 트레일러 앞에 앉아 수첩을 꺼내 설계도를 그렸다. 그것은 지금까지 빅터가 누렸던 유일한 놀이였다. 그런데 애프리에서는 '놀이' 를 하도록 시간을 주었고, 모르는 게 있으면 물어볼 사람도 많았다. 게다가 돈까지 주었다. 빅터는 수업시간에 몰래 만화를 그리듯이, 시간 가는 줄 모르고 스프링 노트에 자신만의 물건을 그려 넣었다.

"이게 뭡니까?"

"기기… 획서입니다."

또 한 달이 지났을 무렵, 빅터는 떨리는 손으로 스프링 노트를 팀장의 책상 위에 올려놓았다. 팀장은 한동안 입을 벌린 채 곰돌이 푸가 새겨진 노트 표지를 내려다보았다. 팀장은 천천히 노트의 첫 장을 넘겼다. 빅터의 삐뚤삐뚤한 그림이 나오자 팀장은 또 한번 입을 벌렸다.

"바… 바보도 알아보게 그그… 림으로 그렸습니다."

"끄응…."

팀장은 못마땅한 듯 이마에 주름을 잡고 노트를 넘기기 시작했다. 빅터는 기대 반 걱정 반으로 팀장의 눈치를 살폈다. 무표정하던 그의 얼굴은 조금 떨떠름해지더니, 곧 냉소적으로 변했다. 노트의 중간쯤부터는 눈을 내리깔고 보는 시늉만 했다.

"이건 트랙볼 비슷하군요. 이미 시장에서 사장되었죠. 퍼즐 게임? 애프리와 어울린다고 생각합니까? 소리 나는 키보드? 컴퓨터 키보드가 긴반입니까? 윈 애들 장난도 아니고…"

펄럭, 펄럭, 펄럭! 팀장은 전화번호부를 넘기듯이 빠르게 노트를 넘겼다. 빅터의 자신감도 점점 옅어졌다.

"설익은 아이디어를 자랑하고 싶은가요? 그럼 아마추어 발명 클럽에나 가입하세요. 여기는 당신의 놀이터가 아닙니다!"

사무실에 팀장의 고함소리가 울렸다. 직원들이 하나둘씩 파티션 밖으로 고개를 내밀었다. 빅터는 온몸에 식은땀을 흘렸다. 벌거벗은 듯 굴욕감과 수치심이 밀려왔고, 마음 어딘가에 커다란 구멍이 뚫렸다. 빅터는 자신보다 자신의 아이디어가 업신여김을 받는 게 더 마음 아팠다.

'나의 기준이 그렇게 형편없는 것일까?'

"복도에서 들으니 시끄럽던데 무슨 일인가?"

직원들이 웅성거리는 소리가 들렸다. 뒤를 돌아보니 테일러 회장이 다가오고 있었다.

"지금 빅터 씨의 기획서에 관한 이야기를 하고 있었

습니다. 회장님께서도 한번 보셔야 할 것 같습니다."

팀장은 선생님에게 고자질을 하는 얄미운 동급생처럼 테일러 회장 앞에 스프링 노트를 펼쳤다. 테일러 회장은 한쪽 눈썹을 추켜세워 빅터를 곁눈질한 다음 노트를 집었다.

"큭큭."

노트를 넘기던 테일러 회장의 입에서 웃음이 새어나왔다. 비웃음 같기도 하고 아닌 것도 같았다. 계속되던 웃음소리는 노트의 중간쯤에 이르러서 침묵으로 돌변했다. 테일러 회장은 오랫동안 한 장의 그림을 주시했다. 사무실엔 적막감이 감돌았다.

"이게 뭐지?"

"스… 스케치북 컴… 퓨터입니다."

"좀 더 자세히 설명해보겠나?"

"그… 그러니까…"

빅터는 팀장의 눈치를 슬쩍 보다 말을 이었다.

"스케치… 북에 그림을 그… 그리듯이 화면 위에 직

접 마마… 우스 펜이나 손가락으로 입력하는 컴퓨터입니다. 스케치북이나 노트처럼 들고 다닐 수 있고, 치… 침대에 누워서 사용하… 할 수도 있습니다."

테일러 회장이 빅터의 아이디어에 관심을 보이자 팀장이 끼어들었다.

"아마 다른 회사에서 특허 출원을 냈을 겁니다."

"확실한 건가?"

그러자 팀장은 꿀 먹은 벙어리가 됐다.

테일러 회장과 빅터는 노트를 가운데 두고 이야기에 열중했다. 둘은 마치 희귀한 야구카드를 창고에서 찾은 아이들 같았다.

"자… 자판을 치지 않고 소리로 움직이게 하는 컴퓨터도…"

"음… 그것도 재미있겠는걸. 어디, 흥미진진한 이야기를 본격적으로 풀어보겠나?"

테일러 회장은 빅터의 어깨에 손을 올렸다. 그리고 둘도 없는 친구처럼 다정하게 붙어서 사무실을 빠져나갔다. 팀장은 어리둥절한 표정으로 두 사람을 지켜보았다.

❋

그날 빅터는 테일러 회장의 저택에서 저녁식사를 함께하는 영광을 누렸다. 그리고 그 소문은 다음날이 되자 애프리 전체에 퍼졌다.

"어제 회장님께서 무슨 말씀을 하셨습니까?"

빅터가 출근을 하자마자 팀장이 다가와 물었다.

"나나… 의…."

빅터는 심호흡을 하고 가슴을 앞으로 내밀었다.

"나의 기준을 따… 따르라고 하셨습니다."

팀장은 그 말을 이해하지 못했다. 하지만 두 사람 사이에 중요한 대화가 오간 건 분명했다. 그 후 빅터의 노트에 그려진 한 장의 그림은 기획실의 장기 프로젝트가 되었다.

생애 첫 선택

로라의 가족이 오랜만에 식탁에 모여 앉았다. 그동안 핑계를 대며 가족 모임에 참석하지 않았던 로라는 어머니의 설득에 못 이겨 집을 찾았다. 분위기는 예상대로였다. 아버지는 신문에 실린 사건사고를 들먹이며 모든 책임을 공산당과 방탕한 청년들에게 뒤집어씌웠다.

"아버지, 도대체 실업률이 왜 우리들 탓이에요?"

"너희 세대가 무능하니까 외국인들한테 일자리를 뺏기는 거 아니냐. 토미 너도 정신 좀 차려라."

"제 정신은 멀쩡해요."

"그래? 멀쩡한 녀석이 월마트에서 잔돈이나 거슬러 주고 있어? 빌 게이츠는 네 나이 때 도스DOS를 만들었어, 이놈아!"

분위기가 서먹해지자 어머니는 화제를 돌렸다.

"로라, 얼굴 보기가 힘들구나. 요새 바쁜 일 있니?"

"네, 글을 쓰고 있거든요. 곧 책으로 나올 거예요."

그러자 어머니와 남동생이 놀라워하며 반색했다.

"정말 대단하구나!"

"오, 굉장한 걸!"

로라는 스테이크를 썰며 어깨를 으쓱했다. 어머니와 남동생은 책에 관심을 보이며 여러 가지 질문을 던졌다. 주목받는 것에 익숙하지 않았지만 기분은 꽤 괜찮았다. 아버지가 흥을 깨기 전까지는.

"흥, 그건 나와 봐야 알지. 만사가 계획대로 술술 풀리면 왜 모두 백만장자가 되지 못했겠어."

그러자 어머니가 남편 손등을 꼬집었다.

"여보, 재앙은 입에서부터 생긴다는 말도 모르세요?"

"좀 현실적으로 생각해보라고. 시청 계약직 직원 따위가 쓴 책을 누가 돈을 내서 사 보겠냐 말이야."

"레이첼 선생님과 함께 쓴 책이에요."

"그 여자는 또 누구냐?"

음식은 절반도 먹지 않았지만 로라는 더 이상 입맛이 돌지 않았다.

"시간이 남아도는 두 여자가 심심풀이로 글을 좀 썼나본데, 그런 정신 상태로는 어림도 없지. 하려면 제대로 하고 못할 거면 아예…."

"안 그래도 제대로 해보려고요."

로라가 포크를 내려놓으며 말했다.

"그게 무슨 말이냐?"

"시청 일 그만두기로 했어요."

로라가 선전포고를 하듯 말했다. 순간 어머니와 남동생의 눈이 휘둥그레졌다. 아버지가 주먹으로 식탁을 탁 치며 말했다.

"정신이 있는 게냐? 이 불경기에 직장을 관둬? 글만

써서 먹고살겠다고? 네가 그럴 능력이 된다고 생각하냐? 허튼 생각 말고 정식 직원이 될 궁리나 해!"

"이미 늦었어요. 벌써 사표를 냈는걸요."

로라는 싱긋 웃으며 입가를 닦았다. 아버지는 믿고 싶지 않다는 듯 연신 고개를 저었다. 로라는 통쾌한 기분이 들었다. 드디어 생애 처음으로 자신이 선택한 길로 발을 내딛은 것이다.

"이제 글쓰기에 전념할 수 있게 됐어요."

레이첼 선생의 집을 찾아간 로라가 기쁜 소식을 전했다. 로라는 소파에 앉아 꿈꾸는 소녀처럼 말했다.

"앞으로는 동화를 쓰고 싶어요. 전 예전부터 재미있고 따뜻한 이야기를 좋아했거든요. 《어린 왕자》나 《찰리와 초콜릿 공장》처럼 어른들도 읽는 동화를 쓰고 싶어요."

"일을 정말 그만둔 거니?"

로라는 천천히 고개를 끄덕였다. 당연히 칭찬을 받으리라 기대했는데 선생님은 난감한 표정을 지었다.

"사실은 작은 문제가 생겼단다. 우리 원고를 출간하기로 했던 출판사가 파산을 했어."

로라는 얼음물을 뒤집어쓴 것만 같았다.

"너무 걱정은 마. 뉴욕에 있는 출판사들을 알아보고 있으니까."

레이첼 선생은 모든 게 다 잘 풀릴 거라며 로라를 안심시켰다. 하지만 그 뒤로 좋은 소식은 좀처럼 들려오지 않았다.

과거의 속박

"자네 차례야, 빅터."

월요일 아침이었다. 회의가 시작되기 전에 직원들은 간단한 게임으로 커피 내기를 했다. 오늘의 종목은 블록 쌓기였다. 빅터는 위태롭게 쌓인 블록 탑 위에 블록 하나를 올려놓았다. 블록은 아슬아슬 흔들리더니 와르르 무너졌다. 동시에 직원들의 폭소도 터졌다. 빅터는 머리를 긁적였다. 지금껏 친구가 없었던 탓에 빅터는 어떤 게임을 하건 요령이 없었다. 사실 승패보다는 게임을 한다는 자체가 마냥 신기하기만 했다.

"이걸 컴퓨터 게임으로 만들면 어떨까요?"

"또 빅터의 병이 도졌군. 아이디어는 나중에 생각하고 패자는 커피부터 사오라고. 하하하."

빅터는 수줍게 웃으며 밖으로 나갔다. 비록 블록을 무너뜨려 게임에는 졌지만, 혼자 미끄럼틀을 타면서 상상 속의 친구와 노는 것보다는 훨씬 즐거웠다. 빅터는 애프리에서의 생활에 만족했다. 여기서는 이유 없이 괴롭힘을 당하거나 놀림을 받지 않았다. 점심도 동료들과 함께 먹을 수 있었다. 무엇보다 누군가에게 인정을 받는 것이 좋았다. 부끄러워서 아무에게도 말하지 않았지만, 빅터는 가끔씩 중요한 사람이 된 것 같은 기분이 들었다. 그런 기분이 들면 빅터는 무엇이든지 이뤄낼 수 있을 것 같은 용기가 생겼다.

'아마 저것도 가능할지 몰라.'

구내 커피숍으로 이어진 복도에서 빅터는 걸음을 멈췄다. 벽면에 '팀 대항 볼링시합' 포스터가 붙어 있었다. 빅터는 스트라이크를 성공시켜 팀원들이 환호하며 자신을 포옹하는 모습을 상상했다. 입가에는 비밀스런 미소가 번졌다. 빅터는 포스터의 모델을 흉내 내며 복도 카페트에 가상의 볼링공을 던졌다.

"바보 빅터!"

어디선가 들려온 목소리에 빅터는 그만 얼어붙고 말았다. 섬뜩했다. 마치 총소리가 들린 것 같았다. 팔을 내밀고 볼링 자세를 취했던 빅터는 고개를 들었다. 저 앞에 검정 양복을 입은 남자가 보였다. 그가 빠르게 걸어왔다.

"이봐, 너 바보 빅터 맞지?"

빅터는 검정 양복을 입은 남자를 올려다보았다. 얼굴이 좀 네모나게 변했지만 빅터는 그를 금세 알아봤다. 가끔 악몽을 꿀 때마다 로널드 선생과 함께 등장하는 인물이었다.

"더… 더프?"

더프는 이빨을 드러내 보이며 악수 대신 빅터의 등을 쳤다. 큰 힘은 아니었지만 빅터는 허청거렸다.

"여… 여긴 어떻게?"

"나는 이번에 이곳 신입사원이 됐지."

더프는 어깨를 으쓱했다. 그는 한 손에 무전기를 들고 있었다. 더프는 무전기를 뒤로 감췄다.

"물론 지금은 보안요원이지만 곧 기획팀으로 발령이 날 거야. 애프리에서 내 진가를 알아볼 테니 시간문제지. 그런데 너는 피자 배달을 온 거야? 오늘은 동창이라 용서해주지만 앞으로는 내 허락을 받아야 해. 알겠어?"

더프는 겁을 주며 무전기 안테나로 빅터의 배를 찔러댔다. 그러다 무언가 딱딱한 게 걸리자 고개를 내렸다. 더프는 길 잃은 강아지의 인식표를 확인하듯이 빅터의 목에 걸린 직원카드를 잡아 당겼다. 유심히 직원카드를 검사하던 더프는 믿지 못하겠다는 듯이 눈을 비볐다.

"바보 빅터, 네가 어떻게?"

"나난… 하… 할 일이 있어서 그만…"

빅터는 도망가듯 복도 모서리로 돌아나갔다. 심장이 쿵쾅거렸다. 빅터는 벽에 기대어 로널드 선생이 나타나주길 바랐다. 그럼 분명 꿈일 테니까. 하지만 그런 일은 없었다. 꿈보다 더 지독한 현실이었다.

한동안은 잘 넘어갔다. 빅터는 더프와 마주치지 않기 위해 출퇴근 시간을 조절했고 사무실 밖으로도 좀처럼 나가지 않았다. 하지만 피하는 데는 한계가 있었다. 일주일 뒤 빅터는 구내 식당에서 더프를 보게 되었다.

"내가 학교 다닐 적에 우리 반에 바보가 하나 있었지. IQ가 얼마였는지 알아? 73이었어. 그래서 그 녀석 별명이 돌고래였지. 꿰억!"

더프의 실감나는 묘사에 사람들이 키득거렸다. 예전만큼은 아니어도 반응이 좋았다.

"세싱엔 미보들이 득실거리지."

누군가 맞장구를 쳤다. 건너편 테이블에서 주문을 기다리던 빅터의 등에 식은땀이 흘러내렸다. 빅터는 점심을 포기하고 조용히 밖으로 나갔다. 걸음을 뗄 때마다 살얼음판을 걷는 기분이 들었다. 어떻게든 불안감에서 벗어나고 싶었다.

그날 빅터는 야외 휴게실로 더프를 불러냈다.

"그… 동안 어… 떻게 지냈니?"

"네가 허송세월을 보낼 때 대학에서 공부를 했지."

"겨…경비 일은 할 만해?"

"경비가 아니라 보안요원이라니까! 야, 네 주제에 날 무시하는 거야?"

"미… 미안… 그런 뜻이 아니었어."

"용건이나 빨리 말해."

"부… 부탁인데… 학교에서 있었던 일은 비비… 밀로 해주겠니?"

"어떤 일을?"

더프는 시치미를 뗐다. 빅터는 자기 입으로는 차마

그 이야기가 나오지 않았다. 빅터가 머뭇거리자 더프는 눈을 내리깔고 히죽거렸다. 메를린 학교 때 '바보'라고 부르면서 뒤통수를 때릴 때의 바로 그 표정이었다. 빅터는 입술만 깨물다가 허전하게 발걸음을 돌렸다.

"야, 뭔가 잘못된 것 같지 않아?"

뒤에서 더프가 말했다.

"너 말이야. 다른 사람들은 이곳에 들어오기 위해 학위를 따고 경력을 쌓고 엄청난 경쟁을 치렀는데 넌 거저 들어왔어. 단지 운이 좋아서 말이지. 애프리와 네가 어울리기나 한다고 생각해? 그동안 어떻게 어물쩍 사람들을 속여왔는지 모르겠지만, 연극은 오래가지 못해."

❀

그날 이후 빅터는 악몽에 시달렸다. 꿈속에서 로널드 선생이 사무실로 찾아와 빅터의 귀를 잡아당기고 사람들 앞으로 끌고 있다.

"여러분은 그동안 속으셨습니다. 이놈은 저능아요!"

로널드 선생은 학교 성적표와 IQ 점수가 쓰인 종이를 사방에 뿌렸다. 언제나 비슷한 패턴의 꿈이었으나 그때마다 빅터는 침대에서 비명을 질렀다.

악몽은 현실에도 영향을 미쳤다. 빅터는 과거가 드러날까 봐 전전긍긍했고 몸도 마음도 위축되어갔다. 엘리베이터 단추를 누르는 작은 행동도 죄를 짓거나 남에게 피해를 주거나 조롱을 받을 짓처럼 느껴졌다. 그리고 무엇보다 의심이 많아졌다. 남이 아니라 자신에 대한 의심이었다.

'내 아이디어가 놀림 받으면 어떡하지?'

'사람들이 다 아는 뭔가를 나만 모르고 있는 건 아닐까?'

'내가 잘해낼 수 있을까? 중학교도 졸업하지 못한 내가?'

자신을 의심하기 시작하자 갑자기 샘이 마른 우물처럼 아이디어가 하나도 떠오르지 않았다. 마치 하루아

침에 공 던지는 법을 잊어버린 투수가 된 것만 같았다. 특히 회의시간이면 좌불안석이 되었다.

"빅터 씨, 이 중에 어떤 기획안이 좋은 것 같습니까?"

"A안도 좋고… B안도 괜찮고… C안도 나나… 쁘지 않고…."

"무슨 대답이 그래요?"

"죄… 죄송합…."

"뭐라고요? 좀 크게 말해 보겠습니까?"

빅터는 점점 자신감이 없어졌다. 말도 더 더듬었다. 빅터는 사람들이 웃을 때마다 자기를 비웃는 것만 같았다. 특히 두세 명이 모여 소곤거릴 때는 심장이 철렁했다.

'설마 내 흉을 보는 건 아니겠지?'

빅터는 소곤거림을 무시하려 애썼다. 그런데 이상했다. 어디를 가나 삼삼오오 모여 귓속말을 주고받는 장면이 목격되었다. 한 사람의 흉을 본다 하기에는 너무도 열성적이었다. 명상이나 채시이 유행하는 것처럼,

애프리에서는 소곤거림이 대유행인 것 같았다. 직원들은 태풍을 감지한 들짐승처럼 불안에 떨며 무언가에 대해 이야기했다. 소곤, 소곤, 소곤… 그것은 시한폭탄의 타이머 소리처럼 불길했다. 다들 불안감에 휩싸였고 불안감은 풍선처럼 부풀어 오르더니, 결국 터지고 말았다.

애프리 빌딩 로비에 사람들이 잔뜩 모여 있었다. 직원들은 출근 카드를 찍는 것도 잊은 채 게시판을 들여다보았다. 거기에는 공고문이 붙어 있었다. 빅터는 덜컥 겁이 났다. 혹시 자신에 대한 폭로문이 아닐까 하는 걱정에서였다. 빅터는 사람들을 헤치고 게시판 앞으로 나갔다. 빅터는 마음의 준비를 단단히 하고 공고문을 읽어 내려갔다. 다행이 공고 내용은 예상과는 달랐다. 그렇지만 예상보다 훨씬 충격적인 내용이었다. 로비가

몹시 술렁거렸다.

"말도 안 돼. 테일러 회장님이 해임을 당하다니!"

"어떻게 자기가 만든 회사에서 쫓겨날 수가 있지?"

모두들 믿지 못하겠다는 표정을 지었다. 직원들은 공고문을 읽고 또 읽었다. 빅터는 이제야 소곤거림의 정체를 알 것 같았다. 애프리는 위기에 빠져 있었고, 특별한 조치가 내려질 태세였다. 직원들은 나름대로 어떤 조치가 내려질지 예측했다. 다만 테일러 회장이 퇴출될 줄은 상상조차 못한 것이다.

"결국 혁신의 저주에 걸려들었어."

빅터의 등 뒤에서 직원들의 대화가 들렸다.

"혁신의 저주?"

"혁신적인 상품의 90퍼센트는 실패한다는 이론이야. 아무리 획기적인 아이디어라도 시장에서 성공 가능성은 10퍼센트에도 미치지 못한다더군. 분명 테일러 회장은 시대를 앞서갔지만, 뭐랄까 너무 자기 세계에 빠져 있었어."

"몽상가의 한계였군."

며칠 뒤 대주주들이 공식적인 입장을 발표했다. CEO 해임 건에 대해서는 로비에서 들었던 대화와 비슷했다. 테일러 회장의 해임은 몽상가적 기질이 다분하고, 지나치게 모험적이며, 고집이 세다는 이유에서였다.

성공의 법칙이란 게 참으로 허망했다. 얼마 전까지 성공의 법칙이었던 테일러 회장의 모험 정신이 이제는 반대로 실패를 의미했다. 사람들은 오직 현재의 결과만을 믿었다.

'테일러 회장님은 자신을 믿으라고 말했지. 자신을 믿고 모험을 하라고. 하지만 회장님은 그 이유 때문에 실패했어. 테일러 회장님도 실패했는데 과연 나 같은 게 성공할 수 있을까?'

테일러 회장의 부재는 빅터에게 심리적인 문제로만 끝나지 않았다. 테일러 회장이라는 방패막이 사라지자 빅터는 줄이 끊어진 연 신세로 전락했다. 새로운 경영진은 애프리에서 진행 중인 프로젝트를 전면적으로 재검토했다. 빅터의 프로젝트는 모두 무산되었다. 빅터를 대하는 직원들의 태도도 조금씩 달라지기 시작했다. 마치 이전 집주인이 버리고 간 처치 곤란한 옷장을 대하는 것 같았다.

그러던 어느 날 팀장이 빅터를 호출했다.

"다름이 아니라 이상한 소문이 돌아서 말입니다."

"소… 소문이요?"

"물론 그럴 리는 없겠지만, 그래도 확실히 해야 서로 오해가 없지 않겠습니까?"

"무… 무슨 말씀이신지?"

"단도직입적으로."

팀장은 깍지를 끼고 그 위에 턱을 올렸다.

"IQ 테스트를 받아볼 생각 없습니까?"

정신이 아득했다. 빅터는 손발이 묶인 채 우물바닥으로 떨어지는 착각이 들었다. 참혹했던 어린 시절이 떠올랐다.

"사실 난 소문이나 IQ 따위엔 관심이 없습니다. 평소였다면 그냥 흘려버렸겠죠. 그런데 지금은 정상적인 상황이 아닙니다. 새로운 경영진에서는 경영합리화 지침을 내렸어요. 무슨 뜻이냐 하면, 여기에 남으려면 자격을 증명해야 한다는 얘깁니다."

빅터의 귀에는 아무런 소리도 들리지 않았다. 그저 발가벗은 듯한 수치심에 온몸이 얼어붙을 뿐이었다.

면담이 끝나자 빅터는 좀비처럼 걸어나왔다. 다리가 떨려서 어떻게 걷는지도 몰랐다. 빅터는 사무실을 빠져나와 발이 가는 대로 걸었다.

"퇴근시간은 한참이나 남았다고, 바보 녀석아."

앞에 더프가 보였다. 빅터가 무시하고 걷자 그는 무전기를 들고 따라왔다.

"그동안 너에 대해 조사를 좀 했지. 기분 나쁘게 생각하진 마. 보안요원으로서의 의무였으니까."

"소문을 퍼뜨리는 것도 네 의무였니?"

더프는 말문이 막힌 듯 헛기침을 했다.

"으흠, 그건 난 모르는 일이야. 하여튼 너 말이야, 이상한 점이 한두 가지가 아냐. 네 아이디어를 테일러 회장이 좋아한 것도 그렇고, 네가 넉 달을 버틴 것도 그래. 그런데 진짜 미스터리는 광고판이야. 도대체 광고판의 수학문제를 누가 풀어줬지? 네 주위에는 정비소 멍청이들뿐이잖아."

순간 빅터가 더프를 힘껏 밀쳤다. 더프는 커다란 몸집에도 불구하고 너무 쉽게 복도에 나뒹굴었다.

"헛, 이게 미쳤나!"

더프는 인상을 쓰며 천천히 몸을 일으켰다. 하지만 빅터가 달려들자 더프는 옴짝달싹 못하고 당황해했다.

퍽! 더프의 얼굴에 빅터의 주먹이 꽂혔다. 더프는 전혀 예상치 못한 상황에 얼이 빠진 표정이었다. 그러다 빅터가 다시 단단히 쥔 주먹을 치켜들자 재빨리 팔등으로 얼굴을 가리고 말했다.

"그… 그만…."

빅터는 바다에 쓰러져 코피를 흘리는 디프를 내려다

보았다. 떨고 있었다. 빅터가 알고 있는 더프는 절대 이런 남자가 아니었다. 더프는 유니폼 상의로 코를 닦고 옷에 묻은 피를 확인했다. 더프는 이를 꽉 물고 울음이 나오려는 것을 참았다.

"어떻게 이럴 수가 있지? 어떻게….."

더프는 울먹이듯 떨리는 목소리로 체념한 듯 말했다.

"그래 난 사실 애프리 소속이 아니야. 아웃소싱… 그냥 경비업체에 별 볼일 없는 파견직이라고. 학교 때는 세상이 다 내 것 같았는데… 막상 졸업하고 하니 통하지가 않더란 말야."

빅터는 한없이 약한 모습으로 쭈그리고 있는 더프를 보며, '왜 그때는 이렇게 더프에게 달려들지 못했을까' 생각했다. 괴롭힘을 당하는 것보다는 이쪽이 훨씬 쉬웠는데…. 하지만 이젠 다 부질없는 생각이었다.

"널 여기서 처음 봤을 때 내 기분이 어땠을 것 같아? 나는 경비 일이나 하고 있는데 너는 어떻게 애프리의 직원이 될 수 있냐고. 그것도 회장의 총애를 받으면서 말이야. 분명 내가 모르는 뭔가가 있어. 내가 인정받지 못하는 이유도 뭔가 결정적인 법칙을 몰라서일 거야. 그것만 알면 나도 예전처럼…. 도대체 그 수학문제는 누가 풀어준 거야?"

이제 더프는 구세주에게 인생의 비밀이라도 묻는 양 애원하는 표정을 지으며 물었다. 빅터는 미동도 없이 그를 내려다봤다.

"너한테는… 가르쳐주지 않아."

빅터는 더프를 뒤로 한 채 애프리를 나왔다.

포기, 세상에서 가장 쉬운 선택

로라가 전업작가 선언을 한 지 어느덧 두 달째로 접어들었다. 사람들이 출근하는 시간에 로라는 아파트에 남아서 동화를 썼다. 로라는 창밖을 보며 자주 한숨을 쉬었다. 걱정거리가 많았다. 일단 돈이 문제였다. 이대로라면 두세 달도 버티기가 힘들었다. 원래 계획은 레이첼 선생과 함께 쓴 책으로 원고료를 받고, 동화를 써서 새로운 계약을 체결하는 것이었으나 둘 다 계획대로 되지 않았다.

돈도 돈이지만 진짜 문제는 자신감이었다. 로라는

아직 동화를 한 편도 완성하지 못했다. 이상하게 글을 쓸 때는 위대한 작품처럼 보였던 것이, 다음날 다시 보면 형편없는 글로 전락해 있었다. 지우고 고치고를 반복하다 보면 진도는 제자리였다.

'진정한 작가라면 술술 글이 나왔을 거야. 과연 나에게 재능이 있기는 한 걸까?'

로라는 곧잘 패배주의에 빠졌다. 로라에게는 증거가 필요했다. 작가가 될 자격이 있는지에 대한 강력한 증거. 그것은 바로 책이었다. 레이첼 선생과 함께 쓴 원고가 출판만 된다면 로라는 자신감을 되찾을 것 같았다.

레이첼 선생은 부지런히 원고 사본을 출판사에 보냈다. 결과는 한결같았다.

"이번에도 소식이 없구나. 그래도 낙심하지 말자. 《갈매기의 꿈》은 열여덟 번이나 퇴짜를 맞았잖니."

그러다가 《갈매기의 꿈》의 퇴짜 기록을 경신하자 레이첼 선생은 출판 에이전트를 알아봤다. 로라는 얼굴도 모르는 에이전트에게 기대를 걸었다. 이번에는 뭔가 제대로 될 것 같았다. 아니 꼭 그래야만 했다. 로라는 흥분된 마음으로 좋은 뉴스를 기다렸다.

그러던 어느 날 잠깐 외출을 다녀와 보니 자동응답기에 메시지가 세 개나 남겨져 있었다. 로라는 크리스마스 선물상자를 풀어볼 때처럼 설레는 마음으로 재생 단추를 눌렀다.

"도대체 책은 언제 나오는 게냐? 뭔 일을 그따위로 해. 작가가 되겠다는 거냐, 실업자가 되겠다는 거냐?"

아버지였다. 요즘 따라 아버지는 수시로 전화를 걸어와 로라를 패배감의 구렁텅이로 밀어 넣었다. 로라는 메시지를 지웠다.

두 번째 메시지는 조금 느닷없었다.

"예… 예전에… 교회 앞에서 무슨 기도를 했니? 로라…"

빅터의 목소리였고, 내용은 그게 다였다. 들릴 듯 말 듯 한 빅터의 목소리는 묘한 여운을 남겼다. 엉뚱하면서도 마음 어딘가를 흔들었다. 빅터도 그날을 기억하는 걸까? 로라는 왠지 부끄럽기도 하고 두근거리기도 했다. 또 한편으로는 의기소침한 빅터의 음성에 그가 걱정되기도 했다.

로라는 빅터에게 전화를 걸기 위해 수화기를 쥐었다. 바로 그때 세 번째 메시지가 귀를 파고들었다. 레이첼 선생의 들뜬 목소리는 모든 근심걱정을 한 번에 날려버렸다.

"다음 주에 출판 에이전트가 샌프란시스코에 들리기로 했단다. 분명 좋은 소식을 가지고 올 거야. 기대하렴, 로라."

일주일 뒤 로라와 레이첼 선생은 레스토랑에서 에이전트를 만났다. 그는 약속시간보다 30분이나 늦게 왔지만, 사과 대신 샌프란시스코의 교통체증에 대해 불평을 늘어놨다. 주문한 음식이 나오자, 이번에는 스테이크가 질기다며 또 불평을 했다.

로라는 에이전트의 스타일이 왠지 아버지를 닮아 불안했는데, 역시나 예감은 틀리지가 않았다. 그러니까 그는 순전히 기분을 망치러 온 사람이었다.

"몇 군데 출판사를 알아봤지만 반응이 별로더군요."

그러더니 홀 한쪽에서 피아노를 치는 재즈 피아니스트의 연주가 형편없다고 투덜댔다. 로라는 에이전트와 아버지가 만난다면 어떨까 잠시 상상했다.

"혹시 원고에 보완해야 할 부분이 있나요?"

"고쳐봐야 소용없습니다. 주제도 저자도 매력적이지가 않아요. 그리고 결정적으로 뭔가 빠져 있단 느낌이 듭니다."

"그게 뭔가요?"

로라와 레이첼 선생이 동시에 물었다.

"글쎄요, 뭘까요?"

참 편한 대답이었다. 이유는 모르겠지만 하여튼 마음에 들지 않는다는 소리였다.

"이 원고는 포기하셔야 할 겁니다."

"그 말을 하러 뉴욕에서 비행기를 타고 여기까지 날아온 건가요? 포기하라고?"

참다못한 레이첼 선생이 목소리를 높였다.

"다른 작가를 만나러가는 길에 잠깐 들렀을 뿐입니다. 그러니까 내가 하고 싶은 말은 더 이상 전화로 귀찮게 하지 말라 이겁니다. 작가 지망생들의 과대망상을 듣고 있노라면 제가 다 민망할 지경이죠. 충고를 하나 하자면…."

"우리에게 필요한 건 충고가 아니라 행동하는 에이전트예요."

레이첼 선생이 단호하게 말했지만 그는 귀담아 듣지 않았다.

"충고를 하자면, 글은 아무나 쓸 수 있지만 작가는 아무나 되는 게 아닙니다."

에이전트는 원치 않은 충고와 빈 접시를 남긴 채 떠났다. 테이블에는 냉기가 감돌았다. 나란히 앉아 있던 로라와 레이첼 선생은 똑같은 표정을 지으며 침묵했다. 분위기는 65 대 13으로 지고 있는 상태에서 2쿼터를 마친 대학 농구팀의 라커룸과 비슷했다.

"아무래도 직접 출판해야겠구나."

레이첼 선생이 기합을 넣듯 손뼉을 치면서 말했다. 방금 전에 당한 수모는 다 잊었는지 금세 표정이 밝아졌다.

"슈베르트의 〈마왕〉 악보도 출판사들이 모두 퇴짜를 놨지만, 친구들이 자비로 만들어 결국 성공했단다. 우리도 못하란 법이 없어. 내가 대출을 받으면 천 부 정도는 찍을 수 있을 거야. 유통 문제도 아이디어를 짜내면 방법이 나오겠지."

"너무 애쓰지 마세요."

"그게 무슨 소리니?"

"방금 에이전트가 한 말 들으셨잖아요."

"저 사람은 수백 명의 출판 에이전트 중 하나일 뿐이야. 분명 우리의 진가를 아는 사람이 나타날 거야."

로라는 고개를 저었다.

"선생님은 모르겠지만 저는 아니에요. 저는 확실히 재능이 없어요. 지난 일주일 동안 한 줄도 못 썼다고요. 한 단어도 선택을 못하겠어요. 이런 제가 어떻게 작가가 될 수 있겠어요?"

걱정스런 눈빛으로 로라를 바라보던 레이첼 선생은 제자의 손등 위에 손을 얹었다.

"누구나 일이 안 풀릴 때가 있단다. 그때마다 사람들은 자신의 능력을 의심하지. 그리고 꿈을 포기하려고 이런저런 이유를 만들어. 하지만 모두 변명일 뿐이야. 사람들이 포기를 하는 이유는 그것이 편하기 때문이야. 정신적인 게으름뱅이기 때문이야. 로라, 너의 고귀한 목표를 되새겨보렴. 너는 글쓰기를 좋아하고 그것은 가치 있는 일이야. 그렇다면 이런 상황쯤은 이겨내야 해."

"해보나 마나예요."

로라는 레이첼 선생이 손을 뿌리쳤다.

"나 같은 못난이가 뭘 제대로 할 수 있겠어요?"

로라는 눈물을 글썽였다. 허둥지둥 가방에서 손수건을 찾는데 그새를 못 참고 눈물이 주르륵 흘러내렸다. 스스로 한심하단 생각밖에 들지 않았다. 로라는 인사도 하지 않고 밖으로 뛰쳐나갔다.

커튼 사이로 들어온 햇살이 침대 위로 슬금슬금 기어 올라왔다. 로라는 침대에 누워 천장을 올려다봤다. 며칠 동안 잠을 설친 탓에 머리가 지끈거렸다. 로라는 누운 채로 아스피린을 삼켰다. 물속에 잠겨 있는 것처럼 정신이 몽롱했다.

얼핏 전화벨이 울리는 것 같았다. 계속해서 몸을 뒤치던 로라는 결국 산란을 막 끝낸 바다거북처럼 침대에서 기어 나왔다. 그리고 비틀거리며 테이블로 걷다가 갑자기 허탈하게 웃었다. 전화 코드를 뽑아버린 게 기억이 났다. 로라는 주저앉듯 테이블 의자에 앉았다. 머그잔 속에는 식은 커피가 고여 있었다. 로라는 그 커피를 한 번에 마시고 책상 위에 앉았다. 쓰다 만 원고와 자료들을 보니 또 머리가 아팠다.

로라는 주차장으로 내려가 무작정 차를 몰았다. 정처 없이 시내를 돌던 로라는 외곽으로 핸들을 꺾었다. 생각나는 사람이 있었다.

'주말이니까 집에 있겠지.'

갑자기 왜 빅터가 생각났는지 로라 자신도 잘 이해가 되지 않았다. 어쩌면 빅터가 패배감에서 건져줄지도 모른다는 기대 때문일지도 몰랐다. 어쩌면 외로워서일지도 몰랐다. 어쩌면 그저 날씨 탓일지도 몰랐다. 어쨌든 로라는 빅터를 만나고 싶었다.

'그날 왜 나한테 아름답다고 말했니? 왜 나 같은 못난이한테. 거짓말이라도 좋으니 그 말을 다시 해줄 수 있겠니?'

로라는 눈물을 글썽이며 힘껏 페달을 밟았다.

게레로 정비소 앞에 도착한 로라는 무엇에 홀린 듯 주변을 둘러봤다. 놀랍게도 건너편 언덕은 휑하니 비어 있었다. 빅터의 트레일러가 자취도 없이 사라져 있었던 것이다. 토요일이라 영업을 하지 않았지만 로라는 정비소 창문을 두드려봤다. 누군가 있어주길 바라면서, 부디 빅터가 있었으면 하고 바라면서….

"누구요?"

정비소의 닫힌 문을 열어준 것은 언젠가 보았던 마르코라는 정비사였다. 빅터를 찾아온 로라의 모습을 그는 팔짱을 낀 채 의아하게 쳐다봤다.

"빅터 친구 아니었어요? 그런데 무슨 일이 있었는지 모른단 말입니까?"

뭔가 심상치 않은 기운에 로라는 가슴이 서늘해졌다. 예상은 틀리지 않았다. 마르코는 빅터가 떠났다고 말했다. 빅터가 갑작스레 회사를 그만두고 한동안 트레일러에 처박혀 두문불출했다고, 그 모습을 보고 한동안 멀리 했던 술을 다시 마시기 시작한 빅터의 아버지가 자동차 사고로 목숨을 잃었다고, 아버지의 장례를 치르자마자 빅터는 크레인을 불러 트레일러를 없애 버리고 이 도시를 떠났다고. 마르코는 그렇게 믿기지 않는 이야기를 로라에게 전했다.

로라는 트레일러가 있던 언덕으로 올라갔다.

황량한 바람이 불었다.

주인 잃은 신발 한 짝이 모래 위에 나뒹굴고 있었다.

'빅터, 네 전화를 내가 받았더라면, 그때 그렇게 절박했던 순간에 내가 네 전화를 받았더라면…'

행복의 자격

자명종이 울렸다. 부스스한 모습으로 눈을 뜬 로라
는 자명종을 내버려둔 채 힘없이 고개를 돌렸다. 로라
는 예전에 자신이 썼던 작은 방에서 아침을 맞았다. 방
안은 예전 그대로였다. 학생용 책상, 아치형의 옷장,
하얀색 창틀, 연필깎이, 고양이 모양의 도자기…. 모든
것이 너무나 익숙한 탓에 로라는 아주 오랫동안 갇혀
있는 느낌이 들었다.

'한심해.'

7년 전 레이첼 선생과의 일이 틀어진 후 로라는 무

기력하게 살았다. 무엇을 해도 안 될 것 같은 예감이 들었고 매번 예감은 적중했다. 아버지의 말대로 세상은 만만치 않았다. 좋은 일자리는 좀처럼 나오지 않았다. 설사 그런 곳에 자리가 난다고 해도 지원할 엄두가 나지 않았다.

'여기서 왜 나 같은 걸 뽑겠어. 해보나 마나야.'

결국 로라가 구할 수 있는 일자리는 책임질 것도 없고 비판을 받을 일도 없는, 그래서 보수도 적은 파트타임 일자리뿐이었다. 로라는 식당에서 웨이트리스로 일했다.

식당에선 주로 샌드위치를 팔았다. 도대체 식빵 사이에 뭘 집어넣는지, 한 번 맛을 보면 저절로 발길이 멀어지게 만드는 곳이었다. 거기에서 로라는 한 남자를 만났다. 어깨가 넓고 검정색 머리카락을 반듯하게 쓸어내린 자동차 세일즈맨이었다.

매일 저녁 8시가 되면 그는 식당으로 들어왔다. 그 다음에 로라가 대기하는 데이블 옆에 앉아서 자동차

세일즈에 대해 마치 전쟁 무용담 말하듯이 늘어놓았다. 세일즈맨이라 그런지 말을 재미있게 했고, 로라가 웃어주면 그는 계약이라도 따낸 것처럼 좋아했다. 그는 샌드위치는 반도 먹지 않지만 언제나 팁은 두둑하게 주었다. 처음에 로라는 그가 자동차를 팔기 위해 접근하는 줄 알았다. 그런데 속셈은 따로 있었다. 그는 데이트 신청을 했다.

당시에 그는 로라에게 관심을 가져주는 유일한 사람이었다. 그는 호탕하고 친절했다. 그리고 성질도 급했다. 그는 로라와 데이트를 시작한 지 6개월 만에 피어 39 항구에서 청혼했다.

그때 로라가 청혼을 승낙한 이유는 두 가지였다. 첫째는 지긋지긋한 아버지에게서 해방될 수 있었고, 둘째는 그가 자기더러 예쁘다고 말해주었기 때문이었다.

결혼 후 로라는 남편과 함께 맨해튼으로 갔다. 세일즈맨으로서 그동안 다져온 기반을 버린다는 게 쉽지 않았겠지만 그래도 남편은 고향을 떠나고 싶어 하는 로라를 위해 직장을 옮겼다.

타지에서 자리를 잡는 건 고단한 일이었다. 게다가 결혼을 통해 생활의 안정을 얻는 일반적인 부부들과 달리, 로라와 남편은 결혼을 통해 빚과 빚이 합쳐진 커플이었다. 부부는 부지런히 돈을 벌어야 했다. 맨해튼에서 남편은 차를 팔았고, 로라는 백화점 매장에서 구두를 팔았다.

때때로 로라는 글을 쓰고 싶은 충동이 들었다. 이루지 못한 꿈은 짐과 같아서 항상 마음 어딘가를 불편하게 만들었다. 그렇지만 다시 글을 쓰지는 않았다. 해봤자 상처만 받을 게 빤히 보였다.

'난 뭘 해도 안 돼. 지금까지도 그랬고, 앞으로도 그럴 테지.'

글뿐만이 아니라 그 어떤 목표도 로라에게는 무의미했다. 목표란 헛된 기대의 다른 이름이었다. 로라는 시냇물에 뜬 낙엽처럼, 흘러가듯 휩쓸리듯 하루하루를 보냈다.

"로라, 얼굴 좀 펴봐. 지금은 힘들지만 우린 아직 젊고 여긴 뉴욕이라고. 당신이 그렇게 오고 싶어 하던 곳."

점점 무기력해져 가는 로라를 향해 남편은 호소하듯 말했다. 그러나 그 말도 로라를 변화시키지는 못했다.

"어디에 가든 내가 달라질 리 없는데, 왜 그걸 몰랐을까. 정말 난 왜 이 모양일까."

남편은 틈만 나면 한숨을 짓는 로라를 안아주며 말했다.

"이제 당신 한숨 쉬는 거 그만 듣고 싶어. 소중한 인생을 이렇게 보낼 수 없잖아. 당신처럼 예쁘고 젊은 사람이 왜 콤플렉스에만 사로잡혀 있는지 모르겠어. 자, 이제 힘내는 거야, 알았지?"

로라는 고개를 끄덕였다. 그러나 마음은 달라지지 않았다. 하지만 오래지 않아 로라에게도 햇살이 찾아왔다. 아이가 생긴 것이다.

에이미. 이름만 생각해도 가슴이 벅찼다. 아이가 모든 걸 보상해주는 것 같았다. 로라는 아이의 동그란 얼굴을 보고 있으면 세포 하나하나가 사랑으로 충만해지는 기분이 들었다. 아이로 인해 찾아온 과분한 행복감에 얼떨떨했다.

'과연 나한테 행복할 자격이 있을까?'

하지만 행복감도 잠시뿐. 에이미가 건강하게 커갈수록 로라는 불안했다. 비둘기의 푸득거림도, 잃어버린 열쇠도, 코트에 붙은 머리카락도 불길한 신호처럼 느껴졌다. 운명이 자신에게는 행복을 허락할 것 같지 않았다. 여태껏 그래오지 않았던가? 로라는 앞날에 대한 걱정으로 하얗게 밤을 지새우곤 했다.

나쁜 예감, 그것은 언제나 적중했다. 어느 날 남편은 판매실적 부진으로 해고당하고 말았다. 불행이 닥치자 로라는 오히려 마음이 안정되었다.

"이럴 줄 알았어. 원래 이게 정상이지. 내 주제에 행복이 가당키나 하겠어."

로라의 넋두리를 듣던 남편이 소리쳤다.

"제발 피해망상 좀 그만둬! 당신의 콤플렉스를 듣는

것도 지긋지긋하니까. 난 원래 밝고 명랑한 사람이었어. 그런데 당신을 만나고 나서 의기소침해졌지. 당신은 나를 한 번도 응원한 적이 없어. 내가 기운을 내려고 할 때마다 당신은 유령처럼 달라붙어서 '그래 봐야 소용없어'라고 말해."

"난 그렇게 말한 적 없어."

"아니야, 매일 그랬어. 당신은 날 지독한 패배주의에 빠지게 했어. 고객한테 전화도 못하게 하고 당당하게 문도 못 열게 만들었다고. 젠장, 결혼하고 나서 되는 게 하나도 없어."

"당신의 무능을 나한테 뒤집어씌우지 마!"

결혼생활은 삐걱거렸다. 늘 수동적이었던 로라에게는 나쁜 상황을 되돌릴 재주가 없었다. 말다툼의 횟수가 잦아지고 남편의 귀가도 점점 늦어졌다. 남편이 이혼이란 말을 꺼냈을 때 로라는 담담하게 받아들였다.

"이럴 줄 알았어. 하긴, 누가 나 같은 여자를 좋아하겠어."

싸우기도 지쳤는지 남편은 로라의 어깨에 손을 얹고 나지막이 말했다.

"당신은 좋은 여자야. 하지만 로라, 당신은 자신을 사랑하는 법을 배워야 해."

그때는 그 말이 무엇을 의미하는지 로라는 알지 못했다. 못난 여자를 버리는 남자의 구차한 변명이라고만 생각했다.

암기왕 잭

침대에서 일어난 로라는 욕실로 들어갔다. 로라는 거울을 보는 게 싫었다. 가뜩이나 못난 얼굴에 주름이 슬슬 자리를 잡아가고 있었다. 서른 살, 해놓은 건 아무것도 없고 미래는 막막하기만 했다. 다시는 샌프란시스코로 돌아오지 않겠다고 마음먹었지만 그 작은 소망조차 이룰 수가 없었다. 웨이트리스의 급료로는 도저히 월세와 육아비용을 감당할 수 없었고, 로라는 결국 고향의 부모님 집으로 들어오게 되었다.

"빨리 돈을 모아야 해. 하루빨리 여길 떠나야 해."

로라는 주문을 걸듯 되뇌었다. 17년 전에도 이곳에서 한 소녀가 똑같은 말을 되뇌곤 했었다.

샤워를 마친 로라는 무거운 걸음으로 주방으로 내려갔다. 4인용 식탁은 로라의 귀향으로 또 다시 만원이 되었다. 동생 토미의 자리에는 이제 다섯 살이 된 에이미가 앉아 서툴게 포크를 움직였다.

"로라, 왜 그리 급하게 먹니?"

머리가 희끗해진 어머니가 말했다.

"오늘 강연회가 있어서 테이블 세팅을 해놔야 해요."

"쯧쯧."

아버지는 중고 자동차에 시동을 걸 듯 신경 긁을 준비를 했다.

"작가가 된답시고 멀쩡한 직장을 관두더니 꼴 좋구나. 에디슨이 전구를 발명한 나이에 홀에서 웨이트리스나 하고 있다니."

"네, 거기에다가 애 딸린 이혼녀죠."

로라는 아버지를 쳐다보지도 않고 심드렁하게 대꾸

했다. 아버지의 목청도 예전만 못했다.

"그러기에 사람은…."

"제 분수는 제가 더 잘 아니까 걱정 마세요."

그때였다. 쨍그랑 소리와 함께 샐러드 접시가 깨졌다. 에이미가 포크를 입에 댄 채 겁먹은 눈을 깜박거렸다. 로라는 아이가 다친 것도 확인하지 않고 소리부터 질렀다.

"도대체 매사가 왜 그 모양이니? 손이 안 닿으면 달라고 하면 되잖아. 엄마가 말했지, 제대로 못할 거면 가만히 있으라고!"

에이미의 얼굴이 창백해졌다. 아버지는 뭔가 참견을 하려다가 그냥 얼굴만 찌푸렸다. 오늘도 아침 식사 분위기는 어두웠다. 도대체 이 식탁에서는 기분이 좋아지는 법이 없었다.

로라는 에이미의 옷을 갈아입히고 서둘러 밖으로 데려나왔다. 어머니가 문 밖까지 따라 나와 로라를 빤히 쳐다보았다.

"왜요?"

"넌 어쩜 네 아버지하고 똑같니? 후회할 거면서 자식한테 왜…"

그 말에 로라는 순간적으로 지구를 한 바퀴 돌고 온 느낌이 들었다.

"제발 말도 안 되는 소리 마세요. 엄마까지 왜 그래요?"

최악이다. 결코 듣고 싶지 않았던 말을 듣게 되다니. 실은 언젠가부터 로라 자신도 어렴풋이 느끼고 있던 바로 그 말을 오늘 듣고야 만 것이다. 정말 오늘은 긴 하루가 될 것 같았다.

홀에는 40개가 넘는 원형 테이블이 놓여 있었다. 200여 개의 의자가 테이블 위에 뒤집어진 채 로라의 손길을 기다리고 있었다. 로라는 테이블 사이를 분주하게 오가며 의자를 내렸다. 그것만으로도 힘이 절반은 빠지는 것 같았다.

그 다음엔 입구에서부터 테이블보를 깔았다. 로라는 허리를 펼 시간도 없이 바빴지만, 한쪽에서는 누군가가 한가하게 콧노래를 불렀다. 강단 앞 테이블에서는 60대 노인이 작은 안경을 코에 걸고 노트에 무언가를 적고 있었다.

"좀 비켜주시겠어요, 할아버지."

로라가 다가가서 신경질적으로 말했다. 노인은 천천히 안경을 올리더니 로라의 가슴에 붙은 이름표를 확인했다.

"로라 던컨, 415-677-9629."

로라는 깜짝 놀라 테이블보를 깔던 손길을 멈췄다. 그리고 자신의 이름표를 살폈다. 당연하게도 거기에 전화번호가 있을 리 없었다.

"어떻게 제 전화번호를 아셨어요?"

노인은 입가에 희미한 미소를 띠고 있었다. 머리카

락이 쭈뼛 섰다. 그 번호는 예전에 로라가 혼자 아파트에서 지냈을 때 쓰던 번호였다. 노인은 별거 아니라는 듯 어깨를 으쓱했다.

"간단해요. 전화번호부를 외우면 되니까."

"네?"

로라는 뭔가 의심스러워 노인을 위아래로 살폈다. 그러자 노인은 테이블 위에 있던 강연 팸플릿을 건네주었다. 그것을 펼친 로라는 또 한 번 놀랐다. 맙소사. 그는 오늘의 강사인 잭 맥클레인, '암기왕 잭'이라 불리는 사람이었다.

IQ 168의 그는, 일곱 살 때 출연한 TV쇼에서 원주율 값을 천 자리 넘게 외운 뒤로 암기왕 잭이라는 호칭을 얻게 되었다. 지역 방송에도 여러 차례 출연하면서 당시 샌프란시스코에서는 꽤 유명인사였다. 성인이 된 후에는 안타깝게도 연이은 사업 실패로 오랫동안 불우한 시절을 보냈으나, 말년에 기억력 향상 프로그램을 개발해 제2의 황금기를 맞이하고 있었다.

"몰라 봬서 죄송해요."

팸플릿을 돌려주면서 로라가 사과했다.

"그런데 어떻게 전화번호부나 원주율 값을 천 자리 넘게 외울 수가 있죠?"

잭이 어깨를 으쓱하더니 말했다.

"전화번호부를 외우는 능력은 특별한 사람의 전유물이 아니었어요. 고대 인도나 페르시아에서는 경전을 통째로 외우는 사람들이 많았다고 전해집니다. 그러다 인쇄술이 발달해 책이 대중화되자 사람들의 기억력이 점점 쇠퇴했지요. 인간의 능력이란 사용하지 않으면 녹슬게 마련입니다. 하나 물어볼까요? 로라 씨는 지금 외우는 전화번호가 몇 개나 됩니까?"

"글쎄요. 열 개도 안 될 걸요. 다 수첩에 적거나 전화기에 입력하다 보니 외울 일이 없네요."

"내 말이 바로 그겁니다. 인간은 잠재 능력의 10퍼센트도 사용하지 못하고 생을 마감하지요. 내가 기억력 훈련법을 강연하는 이유는 단지 기억력 발달을 위해서가 아닙니다. 우리가 가지고 있는 엄청난 힘을 느끼게 하는 것이 진정한 목표예요. 실제로 기억력 훈련을 통해 파이의 소수점을 외우고, 마태복음을 암송하게 된 사람들은 새롭게 태어난 것 같은 환희를 만끽합니다. 잠재 능력의 힘을 체험한 사람들은 '마음만 먹으면 무엇이든 할 수 있다'는 자신감을 갖게 되지요. 인간은 감당할 수 없는 잠재 능력을 가지고 있습니다. 그걸 끄집어내기만 하면 돼요. 로라 씨도 그렇게 할 수 있습니다."

잭의 손이 자신을 가리키자 로라는 손사래를 쳤다.

"저요? 제 딸이면 모르겠지만 저는 틀렸어요. 웨이트리스가 잘돼봐야 얼마나 더 잘되겠어요."

잭이 근심스러운 표정을 지으며 말했다.

"자신을 과소평가하면 절대로 잠재 능력을 발휘할 수 없습니다. 자기비하는 재능을 좀먹어요."

"글쎄요, 저는 IQ도 별로 높지 않은 걸요."

"IQ는 숫자에 불과합니다. 물론 IQ 테스트로 수리

능력과 공간 능력이 반영되긴 하지만, 가장 중요한 요소인 의지력은 반영되지 않지요."

내색은 하지 않았지만 로라는 동의하지 않았다. 인간은 각자의 그릇을 가지고 태어났다고 로라는 확신하고 있었다. 자신의 그릇은 웨이트리스 정도였다. 그게 현실이었다. 로라는 더 이상 높은 곳을 올려다보며 열등감을 느끼고 싶지 않았다.

"이만 일어나야 되겠어요. 매니저가 나올 시간이 됐거든요. 어쨌든 샌프란시스코에서 가장 머리가 좋은 분을 만나게 돼서 영광이었어요."

로라는 의자에서 일어나 테이블을 정리하기 시작했다. 잭은 왠지 모를 안타까운 표정을 짓다가 고개를 흔들고 펜을 잡았다. 그리고 콧노래를 부르며 노트를 펼치고 필기를 시작했다. 그러다 이내 무언가 생각난 듯 펜 끝으로 테이블을 쳤다.

"아참, 샌프란시스코에서 IQ가 가장 높은 사람은 내가 아닙니다. 여기서 30분 거리에 있는 메를린 학교에서 IQ 최고점이 깨졌지요."

"메를린 학교요? 어머, 저도 그 학교 출신인데."

로라는 잭을 쳐다보았다. 그의 입에서 모교의 이름이 나오자 반가웠다.

"예, 그의 이름은…."

잭의 말이 끝나자 로라는 휘청거렸다. 순간 홀 안에 바닷물이 차오르는 듯한 착각이 들었다. 물에 잠긴 것처럼 눈도 귀도 막막했다. 숨이 막혀 작은 신음소리조차 입 밖으로 나오지 않았다. 로라는 테이블보를 손에 쥔 채 허물어지듯 의자에 주저앉았다.

7년 만의 귀향

빗발이 점점 굵어졌다. 빅터는 빗속으로 빨려 들어가는 기분이었다. 빅터는 우산을 들고 7년 만에 옛 집을 찾았다. 세월은 많은 것을 변화시켰다. 트레일러가 있던 자리에는 주택단지 개발을 위한 기초공사가 진행되고 있었다. 주위에는 온통 황톳빛 흙만 속살을 드러냈다. 그래도 게레로 정비소는 여전히 그 자리에 있었다. 하지만 예전의 화려했던 모습은 간데없고 낡고 초라한 모습으로 남아 있었다.

"제가 말했잖습니까. 여기엔 아무것도 남아 있지 않

아요. 샌프란시스코에서는 빈 터만 있으면 집을 짓거든요. 거지들도 집을 사는 세상이죠. 옛날의 흔적은 다 사라져버렸어요."

택시기사가 차창으로 고개를 빼내고 말했다. 하긴 변한 것이 샌프란시스코만은 아니었다. 아버지가 돌아가신 뒤 빅터는 떠돌이가 되었다. 자신이 태어난 도시 바깥을 한 발짝도 나가보지 못했던 빅터가 수십 개 주를 옮겨 다니며 일을 했다. 뉴욕에서도, 라스베이거스에서도, 워싱턴DC에서도, 마이애미에서도 살아봤다. 주유소에서도 일하고, 농장에서도 일하고, 부둣가에서도 일하고, 고층건물 공사현장에서도 일했다. 몇몇 매니저는 묵묵하게 일하는 빅터가 마음에 드는지 정식 직원으로 채용하려고도 했다. 하지만 그때마다 빅터는 배낭을 메고 몰래 다른 주로 떠났다. 어디에도 오래 머물 수가 없었다. 언제 바보라는 사실이 들통 날지 몰랐기 때문이다.

일거리를 찾아 떠돌던 빅터는 근래에는 주로 건설

현장에서 막노동을 했다. 미국은 건설이 대유행이었는데, 사람들은 레고 놀이를 하듯 마구 집을 지어댔다. 덕분에 어디를 가든 일거리가 끊이지가 않았다. 그렇게 일을 따라가다 보니 어느새 서부로 돌아오게 되었다. 고향 샌프란시스코로.

"공동묘지로 가주시겠어요."

잠시 상념에 잠겼던 빅터가 기사에게 말했다. 택시는 비를 헤치고 목적지를 향해 달렸다. 빅터는 어쩌면 마지막이 될지 모르는 고향의 모습을 간직하기 위해 미동도 없이 창밖을 주시했다. 묘지 입구에 도착하자 빅터는 택시를 보내고 아버지의 묘를 찾았다.

"아버지, 오랜만이에요."

빅터는 묘비 앞에 꽃을 내려놓고 애써 웃음을 지었다.

"그동안 찾아오지 못해서 죄송해요. 여러 곳을 돌아다녔거든요. 아참, 작년에는 트럭을 얻어 타고 그랜드캐니언을 지나갔는데 정말 굉장했어요. 저도 모르게 막 소리를 질렀지 뭐예요. 아버지도 같이 봤으면 분명 소리를 질렀을 거예요. 그런데 아버지는 제가 바보라서 떠난 건가요? 그런 생각이 자꾸 들어요. 제가 분수도 모르고 애프리에 가지 않았더라면 그런 사고도 당하지 않으셨을 텐데. 아버지, 보고 싶어요."

빅터의 얼굴에 빗물이 흘러내렸다. 빅터는 빗물을 훔치고 무거운 발걸음을 돌렸다. 묘지 밖에는 언덕으로 올라가는 길이 나 있었다. 빅터는 그 길을 따라 올라갔다. 마지막으로 가야 할 곳이 남아 있었다.

언덕 교회는 예전 모습을 간직하고 있었다. 빅터는 비를 맞으며 안마당에 섰다. 그의 눈에는 노을 아래서 기도를 했던 소녀의 모습이 눈에 선하기만 했다.

'그때 로라는 무엇을 기도했을까?'

빅터는 첫사랑을 떠올리며 미소를 지었다. 하지만 자신의 처지를 생각하자 서글픈 회한이 밀려왔다. 그는 아무것도 가질 수가 없었다.

'내가 바보만 아니었다면…'

교회 안에서 누군가 나오는 소리가 들렸다. 빅터는

씁쓸한 얼굴로 발길을 돌렸다.

"빅터?"

빗줄기가 더욱 거세졌다. 잠시 멈춰 섰던 빅터가 다시 걸음을 옮기자 빗줄기 사이로 잊히지 않는 목소리가 다시 그를 불러 세웠다.

"빅터!"

나를 믿는다는 것

가을바람이 창문이 없는 벽돌집 사이를 마음대로 오 갔다. 마당에 쌓아올린 원목 끝에는 잠자리들이 앉아 꾸벅꾸벅 몸통을 흔들었다. 어수선한 모양새였지만 주 택단지는 이제 공사장 입구에 세워놓은 조감도와 얼추 비슷해졌다.

인부들이 삼삼오오 모여 휴식을 취하고 있었다. 빅 터는 얼마 전에 심어놓은 가로수 아래 홀로 앉아 하릴 없이 돌멩이를 골라냈다. 얼굴이 심란해 보였다. 고향 언덕 교회를 찾아간 이후 내내 그런 상태였다.

빅터가 7년 만에 고향을 찾은, 비가 세차게 내리던 날 교회 앞에서 빅터를 부른 사람은 다름 아닌 레이첼 선생이었다. 교회 목사님과 가까운 사이라 조언을 구하러 자주 찾는다고 했다.

빅터는 우연한 만남에 얼떨떨했지만, 레이첼 선생은 하느님이 자신의 기도를 들어주셨다며 마냥 반가워했다. 둘은 회당으로 들어가 서로의 안부를 물었다. 레이첼 선생은 얼마 전 교직을 관두고 개인 출판사를 차렸다고 했다. 그동안 계속 글을 써왔는데 번번이 출판사에 퇴짜를 맞았단다. 보통 사람 같으면 거기서 포기를 했겠지만 그녀는 달랐다. 세상엔 자신을 받아주는 회사가 없다고 절망하는 사람이 있는가 하면, 자기가 그런 곳을 만들면 된다고 생각하는 사람도 있다.

빗방울만큼이나 많은 이야기가 오갔다. 그 가운데 로라의 이야기도 있었다.

"결혼식에 초대받지 않아서 잘은 모르지만…."

레이첼 선생은 로라가 7년 전에 결혼을 해서 남편과

함께 맨해튼으로 떠났다고 말했다. 소식을 접하자 빅터는 막막함을 느꼈다. 로라가 결혼을 했을 거라고 예상은 했지만, 막상 사실을 확인하고 나니 마음이 시렸다.

쿠르르릉!

휴식시간이 끝나고 포클레인이 움직였다. 인부들은 하나 둘씩 자리를 털고 일어났다. 빅터는 힘없이 안전모를 쓰고 몸을 일으켰다. 산책로 공사장 쪽에서 작은 웅성거림이 들렸다. 돌아보니 대여섯 명의 인부들이 무리를 지어 있었다. 그 중 누군가가 손으로 빅터를 가리켰다. 빅터가 갸웃거리자 인부들은 커튼이 열리듯 비켜섰다. 그러자 베이지색 원피스를 입은 한 여인이 나타났다. 태양 아래서 손 가리개를 하던 여인은 천천히 하얀 손을 내렸다.

"로라?"

로라는 갈색머리를 바람에 휘날리며 걸어왔다. 햇살 속을 걸어 나오는 로라의 모습은 마치 그림 속에서 튀어나온 귀부인 같았다. 로라가 가까워질수록 빅터는 정신이 아득해졌다.

"안녕, 빅터."

"아… 안녕."

"레이첼 선생님께 네 소식을 들었어."

로라는 얼마 전부터 빅터를 찾기 위해 지인들에게 수소문을 했다고 말했다.

"왜… 나를 찾았는데?"

"너랑 가야 할 곳이 있어서. 하지만 그곳은 나중에 말해줄게. 그건 그렇고, 오랜만에 만난 친구끼리 밥 한 끼는 먹어야 하는 거 아냐? 나 지금 배고픈데, 같이 가줄래?"

"무물… 론, 그… 그럼 조금만 기다려줄래?"

❃

로라와 빅터는 차이나타운에 있는 중국식 레스토랑
의 2층에 앉아 함께 식사를 했다.

"어… 언제 샌프란시스코로 돌아왔어? 로라."

"한 1년 쯤 됐어."

"어… 어떻게 지내?"

"음, 정원사가 딸린 저택에서 매일 파티를 하고, 여름
마다 세계여행을 다니고, 주말엔 골프랑 승마를 하지."

그러더니 로라는 깔깔거리며 웃었다.

"미안, 나이를 먹더니 실없어졌나봐. 나로 말할 것
같으면 부모 집에 얹혀사는 보잘 것 없는 웨이트리스
야. 한심하지?"

빅터는 조용히 로라를 응시했다. 그리고 내내 궁금
했던 이야기를 물었다.

"나… 남편은 어… 떤 사람이야?"

로라는 무언가를 말하려다가 조용히 혼자 고개를 흔

들었다. 그녀는 불편한 듯 화제를 돌렸다.

"내 딸 보여줄까?"

로라는 핸드백에서 에이미 사진을 꺼내 보여주었다. 아이는 엄마처럼 밝은 갈색머리에 얼굴이 인형처럼 예뻤다. 빅터는 로라의 딸을 오랫동안 바라보았다. 볼수록 가슴이 뭉클했다.

"빅터 넌 계속 여기에 있을 생각이니?"

"아… 아니. 이번 공사가 끝나면 남… 쪽으로 가려고. 떠돌이한테는 따… 뜻한 곳이 좋거든."

"넌 어디든 마음대로 떠날 수 있어서 좋겠어. 나도 그렇게 살고 싶었는데. 하고 싶은 걸 하고, 가고 싶은 곳에 가고 말이야. 열심히 산다고 사는데 왜 인생이 이 모양인지 모르겠어."

중국인 주인이 테이블에 행운의 과자를 놓고 갔다. 로라는 그것을 열지 않았다. 보나마나 나쁜 점괘가 뻔하고, 좋은 점괘가 나온다 해도 맞지 않을 거라고 로라는 말했다. 빅터도 행운의 과자를 열지 않았지만 아마 자신의 점괘에는 '꿈같은 하루'라고 씌어있을 것 같았다.

"그런데… 글은 안 쓰니? 레이첼 선생님은 계… 속 써왔다고 하시던데…."

"선생님이 계속 글을 써왔다고?"

로라는 적잖이 충격을 받은 듯 보였다. 로라는 굳게 입을 다물고 쓸쓸한 얼굴로 창밖을 바라보았다. 빅터는 왠지 하지 말아야 할 말을 한 것 같은 생각이 들었다.

둘 사이에는 긴 침묵이 흘렀다. 이런 날을 숱하게 상상해왔지만 막상 실현되고 보니 아무런 말도 떠오르지 않았다. 빅터는 접시를 내려다보며 서툴게 젓가락질만 했다.

식당을 나온 두 사람은 차이나타운을 걸었다. 행사를 준비 중인지 거리는 시끌벅적했다. 행인들을 피해 가는 그들의 사이는 가까워졌다 멀어졌다. 빅터는 로라의 측은한 뒷모습을 지켜봤다. 둘은 서른이 되었고 많이 지쳐 있었다. 빅터는 오늘이 로라와 함께하는 마지막 날이라는 예감이 들었다.

"저것 봐, 테일러 회장님이야."

로라는 TV가 진열된 쇼윈도 앞에서 갑자기 걸음을 멈췄다. TV에서 테일러 회장의 모습이 보였다. 뉴스에서는 테일러 회장이 7년 만에 애프리의 CEO로 다시 추대되었다는 믿기지 않는 소식을 전하고 있었다. 빅터는 로라 옆에 나란히 서서 TV 뉴스를 지켜보았다.

테일러 회장의 해직 후 애프리는 내리막길을 걸었다. 계속되는 부실에 애프리의 회생 가능성이 없다고 판단한 경영진은 경쟁사에게 애프리의 인수안을 제시했다. 하지만 돌아온 건 '구제불능'이라는 메시지뿐이었다. 애프리는 합병조차 불가능할 정도로 만신창이가 되어 있었다. 언론에서는 이를 '죽음의 소용돌이에 빠졌다'고 표현했다.

한편 자기가 만든 회사에서 쫓겨난 굴욕을 당했던 테일러 회장은 자포자기하지 않았다. 그는 컴퓨터 그래픽 회사를 세웠고 결국 재기에 성공했다. 애프리의 경영진은 자신들이 버렸던 테일러 회장에게 구원의 손길을 요청해야만 했다. 그 말고는 아무도 파산 직전의 회사를 맡고 싶어 하지 않았다. 애프리의 제안을 수락한 테일러 회장은 경영진에게 전대미문의 연봉을 요구했다고 한다. 그가 요구한 연봉은 한 장이었다. 1달러.

방송 기자는 테일러 회장에게 애프리의 CEO로 복귀한 소감을 물었다.

"나는 한때 패배자의 상징이었습니다. 하지만 나는 나를 믿었습니다. 세상은 나를 믿지 않았지만, 나는 나를 믿었습니다."

쇼윈도 앞에서 로라와 빅터가 고목처럼 서 있었다. 로라는 TV를 주시한 채 낮은 목소리로 말했다.

"레이첼 선생님도, 테일러 회장님도 자신이 가고 싶은 길을 가고 있었던 거야. 우리가 모르는 사이에, 우리가 포기하고 주저앉은 사이에…."

쇼윈도 위로 테일러 회장의 얼굴과 두 사람의 모습이 겹쳐 보였다. 빅터는 설명할 수 없는 전율을 느꼈다. 로라 역시 같은 감정이었다. 빅터를 만나야 했던 이유가 있었다. 그러나 막상 빅터의 얼굴을 보자 망설여져 지금까지 꺼내지 않은 이야기, 이제 그 이야기를 해줄 때가 된 것 같았다.

"빅터, 아까 내가 말한 거 기억나? 너와 함께 가야 할 곳이 있다는 것."

"응 그럼, 근데 같이 밥 먹으러 가자는 거 아… 아니었어?"

로라는 천천히 고개를 저었다. 그리고 빅터의 눈을 보며 말했다.

"빅터, 레이첼 선생님과 테일러 회장님처럼 우리도 다시 일어서야지. 네게 큰 용기가 될 수도 상처가 될 수도 있는 일이야. 어때, 그래도 직시할 용기가 있는 거야?"

빅터는 갑작스런 로라의 말에 어떻게 답해야 할 지 알 수 없었다. 하지만 로라의 진심이 담긴 눈빛은 1퍼센트의 의심도 없이 따라갈 수 있었다. 빅터는 고개를 끄덕였다. 그러자 로라가 환하게 웃으면서 말했다.

"좋아, 그럼 모레 오후에 만나. 내일은 일이 있어서…."

토크쇼

방송국 스튜디오의 앞과 뒤는 너무나 달랐다. 어수선한 무대 뒤편에서는 스태프들이 바쁘게 움직였고, 그들 틈에 로라와 어머니가 긴장한 얼굴로 대기 의자에 앉아 있었다.

"자, 준비해주세요. 곧 녹화가 시작됩니다."

스태프 중 한 사람이 다가와 말했다. 로라는 아직도 자기가 TV 토크쇼에 나온다는 사실이 실감 나지 않았다.

소식을 들은 건 나흘 전이었다. 집으로 돌아온 딸을

지켜보던 어머니는 TV 토크쇼 상담 코너에 몰래 출연 신청 편지를 보냈다고 실토했다. 워낙 유명한 쇼여서 복권을 사는 심정과 비슷했는데, 그게 기적처럼 이뤄졌다.

처음 그 이야기를 들었을 때 로라는 신경질을 냈다. 정말 뜬금없는 얘기였다. 도대체 무엇을 확인하고 싶어서? 어머니는 '새 출발'을 주제로 새로운 희망을 찾아 나서는 사람들을 초대하는 쇼라고 했다. 어두운 심연으로 빠져들고 있는 딸에게 작은 빛줄기라도 주고 싶은 어머니의 마음을 로라가 이해 못하는 건 아니었다. 그런데 하필 토크쇼라니. 로라는 어머니의 하소연에도 토크쇼에는 절대로 나가지 않겠다고 못을 박았다.

그런 로라가 빅터를 만난 이후 혼란스러워졌다. 빅터, 암기왕 잭, 레이첼 선생, 테일러 회장, 이들과의 만남은 단순한 우연 같지 않았다. 마치 운명이 보내는 신호 같았던 것이다. 로라는 그 신호를 해독하지는 못했지만, 한 가지 만큼은 분명했다. 지금의 자기 인생이 잘못되어 있다는 것. 로라는 어느새 토크쇼가 인생의 전환점이 되어주지 않을까 하는 막연한 기대를 품게 되었다.

"로라 던컨 씨와 그녀의 어머니 사만다 던컨 여사를 소개합니다!"

밖에서 토크쇼 진행자의 목소리가 들렸다. 로라는 떠밀린 사람처럼 얼떨떨한 상태에서 무대로 올라갔다. 강한 조명이 쏟아져 내렸다. 잠깐이었지만 눈부심에 적응이 된 뒤에야 방청객들의 모습이 보였다. 로라는 울렁거림을 참아내며 어머니와 소파에 나란히 앉았다.

진행자는 간단한 인사와 소개를 하고 본론으로 들어갔다. 나름대로 격식을 갖췄지만 질문의 요지는 '왜 자신을 혐오하느냐?' 는 것이었다. 로라는 왠지 자신을 이상한 사람으로 취급하는 것 같아 기분이 좋지 않았다.

"아니오, 나는 나를 혐오하지 않아요. 단지 있는 그대로를 받아들이는 거죠"

진행자는 로라와 눈을 마주치고 물었다.

"지금 자신의 모습은 어떻다고 생각하나요?"

"그걸 꼭 말해야 하나요?"

"곧 말하게 될 거예요. 그 소파에는 진실을 말하게 하는 마법이 걸려 있거든요. 그래서 정치인들이 우리 쇼에 잘 안 나오려고 하지요."

진행자가 너스레를 떨자 방청석 곳곳에서 웃음소리가 터져 나왔다. 하지만 로라의 표정에는 변화가 없었다.

"보시는 그대로예요. 머리도 나쁘고 특별한 재능도 없는…, 얼굴도… 못생겼고요."

그녀의 말에 진행자와 방청객들이 '오—' 하고 탄성을 질렀다. 진행자는 믿지 못하겠다는 듯 물었다.

"정말 자신이 못생겼다고 생각하나요?"

로라는 시무룩하게 고개를 끄덕였다.

"로라 씨, 전혀 그렇지 않아요. 당신은 예쁩니다. 미인이에요."

"절 놀리시는 건가요?"

"오, 이런. 주위에서도 미인이란 소리를 자주 했을 텐데요."

"그거야…."

로라는 그런 말을 들을 때마다 상대가 자신을 놀리거나, 습관적인 인사치레거나, 아니면 값싼 동정을 한다고 생각해왔다. 진행자가 로라의 표정을 살피고는 화제를 돌렸다.

"결혼생활은 어땠지요?"

"전 남편은 좋은 사람이었어요. 딸도 잘 자라주었고요. 하지만 내내 불안했어요."

"불안했다고요?"

"행복할 자격이 없다고 생각했거든요."

다시 '오―' 하는 방청객들의 탄성이 들렸다. 어머니는 아무런 말도 하지 않았다. 본인이 생각했던 것보다 딸이 훨씬 심각하다고 생각하는 듯했다.

"어째서 그런 생각을 한 거죠?"

"모르겠어요, 어렸을 때부터 그랬어요. 뭘 해도 안 될 것 같고, 한 번 실패하면 끝장이라는 생각이 들고…."

진지한 표정으로 경청하던 진행자가 천천히 카메라를 향해 말했다.

"아무래도 우리가 모르는 사연이 있는 것 같군요. 이제 또 다른 초대 손님을 소개합니다!"

어머니가 귓속말로 "미리 말해주지 못해 미안하다"고 말했다. 로라는 얼마 지나지 않아 그 말뜻을 알게 되었다. 또 다른 게스트는 아버지였다.

평소 TV를 보면서 이 토크쇼의 진행자를 수다스런 흑인 여자라고 깔보던 아버지는 막상 실물을 대하자 비굴해 보일 정도로 그녀에게 굽실거렸다. 그런 아버지의 모습에 로라는 더 화가 났다.

"방금 따님의 이야기를 들으셨나요?"

소파에 앉은 아버지는 침통한 표정으로 고개를 끄덕거렸다.

"아무래도 제가 딸을 너무 나약하게 키운 것 같습니

다. 그래도 전 여전히 딸이 잘되기를 바라고 저 아이를 사랑합니다."

사랑이라는 말을 듣자 갑자기 로라의 가슴속에서 뭔가가 불끈했다.

"아버지는 절 미워하시잖아요."

진행자의 말대로 이 소파는 마력이 있는 것 같았다. 계속 마음에 담아두었지만 평소 하지 못했던 말이 불쑥 튀어나왔다. 아버지는 당황해하는 기색이 역력했다.

"세상에 자식을 미워하는 부모가 어디 있겠느냐? 너도 에이미를 키우니 잘 알잖니?"

로라가 떨리는 음성으로 말했다.

"아버지는 제게 따뜻한 말 한마디 해주신 적이 없잖아요."

"내가 칭찬에 인색했던 건 인정하마. 그래도 난 너에게 좋은 환경을 만들어주려고 평생 이를 악물면서 일해왔다."

"좋은 환경이요? 아버지는 절 벼랑 끝으로 몰고 갔

어요."

"그게 무슨 소리냐?"

"저도 한때는 가지고 있었어요. 뜨거운 것을요. 그런데 아버지가 다 꺾어버렸어요."

"억지 좀 그만 부리렴. 도대체 내가 너한테 못해준 게 뭐냐?"

"아버지는 저한테 늘 못났다고 하시잖아요."

그러자 아버지는 눈을 깜박이며 황당하다는 표정으로 로라를 바라보았다.

"지금 겨우 그것 때문에 날 탓하는 게냐?"

"겨우 그거라고요?"

로라의 두 눈이 빨개졌다.

"못난이, 못난이, 못난이! 그 소리 때문에 전 아무것도 못했어요. 좋아하는 옷도 못 입고, 좋아하는 사람한테 고백도 못하고, 좋아하는 일도 못했어요. 자신이 없었으니까요. 행복할 자격도 없는 벌레 같은 존재라고 생각했다고요!"

스튜디오에 격앙된 목소리가 울렸다. 진행자가 양 손을 펼쳐들고 분위기를 가라앉혔다.

"두 분 다 조금만 진정해주세요. 여긴 제리 스프링거 쇼(극단적인 상황 설정과 과격한 대사로 유명한 미국의 토크쇼-편집자주)가 아니랍니다."

그러고는 안타까운 표정을 지으며 한숨을 내쉬었다. 그때 내내 두 사람의 이야기를 듣고만 있던 어머니가 로라를 향해 입을 열었다.

"아버지는 감정을 표현하는 방법을 잘 모르셔. 언제 나 너와 가까워지고 싶고 대화를 하고 싶은데 독설이 먼저 튀어나와버리지. 그렇지만 널 누구보다 사랑하신 단다. 예전에 네가 책을 쓴다고 했을 때 기억나니? 그 때 아버지가 너한테는 모질게 말했지만, 사실 주변 사 람들에게 딸이 작가가 될 거라고 얼마나 자랑했는지 몰라."

"농담 마세요. 아버지는 절대 그럴 분이 아니에요. 제가 안다고요."

그러자 진행자가 일어나 로라의 어깨에 부드럽게 손을 얹었다.

"로라 씨, 어머니께서 준비하신 게 있어요."

진행자가 왼편의 멀티스크린을 가리켰다. 오래된 사진들의 슬라이드 쇼가 나오고 있었다. 첫 번째는 젊은 아버지가 어린 딸을 목말 태우는 사진이었다. 딸은 간지러운지 배시시 웃고 있었다. 다음 사진에는 잔디밭에서 장난을 치는 부녀의 모습이 담겨 있었다. 그 다음은 새파란 하늘 밑에서 딸의 볼에 키스를 하는 아버지의 얼굴이 보였다.

"이 애 아버지는 늘 저때로 돌아가고 싶어 한답니다."

어머니는 스크린을 바라보며 눈시울을 붉히는 남편을 가리킨 다음 로라의 손을 잡았다.

"어디서부터 말해야 할지 모르겠구나. 네가 태어났을 때 정말이지 그렇게 예쁜 아이는 본 적이 없었어. 널 안을 때마다 천사가 내 품에 온 것 같았지. 아버지는 매일 너를 밖으로 데리고 나가 사람들에게 자랑했단다."

"그런데 왜 따님을 못난이라고 부르게 되었지요?"

진행자의 질문에 어머니는 잠시 난감한 표정을 지었다.

"생각하기도 싫은 일이 있었어요. 지금도 그 생각만 하면 가슴이 너무 뛰어서…. 그러니까 로라가 다섯 살 때였습니다. 아주 끔찍한 일이 있었어요. 백화점에 갔다가 로라를 유… 유괴당했어요."

'오—' 하는 방청객들의 탄성이 더 크게 울렸다.

"다행히 마침 휴일을 맞아 쇼핑하러 나왔던 경찰관 한 분이 발견해 한 시간 만에 찾을 수 있었지요."

어머니는 어느새 울먹이고 있었다.

"그 후로 우리 부부는 딸아이를 데리고 외출할 수가 없었어요. 솔직히 어떻게 키워야 할지 막막했지요. 로라가 너무 예뻐 유괴당한 것이라고밖에 생각할 수 없었습니다. 그래서 딸아이에게 못난이라는 별명을 붙여주고 예쁜 옷도 입혀주지 않았어요. 세월이 흘러 점점 커가는 로라를 보면서 자연스럽게 우리 생각이 옳았다고 믿게 되었어요. 확실히 아무도 로라에게 공연한 관심을 보이지 않았으니까요. 우리 부부는 어차피 로라가 어른이 되면 모든 게 다 정상으로 돌아올 거라고 생각했어요. 처음엔 아픈 마음으로 붙여준 못난이인데, 나중에는 이름보다 그 별명이 입에서 자연스럽게 나왔지요. 게다가 아버지는 험한 세상에 딸을 강하게 키우고 싶어서 일부러 혹독하게…."

이야기를 듣던 로라는 온몸이 마비된 것 같았다. 커다랗게 열린 두 눈이 초점을 잃고 흔들렸다.

"부모로서 충분히 걱정하실 만한 일이었다고는 생각합니다. 하지만 '어떤 불행도 우리의 두려움만큼 크지는 않다'라는 말이 있습니다. 무조건 감추고 막는 것만이 능사였을까요? 두려움은 더 큰 불행을 낳지요. 부모님께서 가지신 그 두려움의 결과가 따님의 인생에 어떤 불행을 가져다줄지 생각하지 못하셨나요?"

진실을 들은 진행자가 안타까운 표정으로 말을 이었다.

"잭 웰치는 '어머니에게 물려받은 최고의 선물은 자신감'이라고 말했습니다. 왜 그것을 주지 못하셨나요? 아무리 고통스러운 기억이 있다 하더라도 따님에게 더 큰 미래를 보여주셨어야지요."

어머니와 아버지는 고개를 푹 숙인 채 아무 말도 하지 못했다. 잠시 후 정적을 깨고 흐느끼는 로라의 음성이 들렸다.

"전 그런 일이 있었던 줄 몰랐어요. 차라리 제가 어느 정도 자랐을 때 말씀을 해주시지 그랬어요. 전 저를 단 한 번도 사랑해본 적이 없어요, 엄마. 전 제가 한심하고 미워서 견딜 수가 없었어요."

어머니가 눈물로 범벅이 된 로라의 뺨을 두 손으로 어루만지며 말했다.

"미안하구나, 정말 미안하구나. 로라, 네가 그렇게 고통스러운 인생을 산 줄은 꿈에도…."

어머니는 말을 마저 끝내지 못하고 눈물을 흘렸다. 로라는 과거의 삶이 한순간 자신의 몸을 뚫고 지나가는 것을 느꼈다. 그러자 마음이 텅 빈 것처럼 허전했다.

진행자가 로라에게 말했다.

"부모님은 당신을 사랑했지만 올바른 교육 방법까지는 몰랐어요. 다른 많은 부모들과 마찬가지로요. 로라 씨, 나도 불행했던 시절을 겪어봐서 알아요. 누구도 상상할 수 없을 만큼 많이 힘들고 외로웠을 거예요. 하지만 어떤 일이 닥쳐도 자신을 격려하고 아껴야 합니다. 이제 더 이상 스스로를 가두지 마세요. 날개를 펴요."

로라의 볼에 다시 굵은 눈물이 주르륵 흘러내렸다. 로라와 어머니 그리고 아버지는 오랫동안 서로를 끌어안고 울었다.

잃어버린 시간을 찾아서

메를린 학교는 예전과 변함이 없었다. 붉은 벽돌 담에는 담쟁이덩굴이 기어올라 작은 꽃을 피웠고, 교실 창가에는 부드러운 햇살이 아른거렸다. 동편 건물 3층에서는 여전히 과학 수업이 진행되고 있었다. 정년퇴직을 앞둔 로널드 선생은 여전히 학생들을 윽박질렀다.

"학력평가 시험을 이따위로 보다니! 내가 창피해서 얼굴을 들고 다닐 수가 없구나. 평균 점수를 깎아먹는 녀석들은 똑똑히 들어라. 왜 세상이 빨리 진화를 못하는 줄 알아? 너희 같은 멍청이들이 우수한 인재에게 짐이 되기 때문이다."

교실 창문을 통해 그 모습을 바라보던 한 남자의 주먹에 불끈 힘이 들어갔다. 곁에 서 있던 갈색 머리의 여자가 남자의 떨리는 손을 살며시 잡아 이끌었다.

"빅터, 그냥 가. 저 따위 인간 만날 이유가 없어."

"아니야. 나, 만… 나봐야겠어. 그래도 물어보고 싶어. 어떻게 그런 일이 생기게 됐는지."

30분 전, 로라와 빅터는 메를린 학교에 도착했다. 학교에는 레이첼 선생이 먼저 도착해 있었다. 이들은 레이첼 선생의 도움을 받아 오래 전 그들의 IQ 테스트 자료를 확인하기 위해 학교를 찾은 것이었다. 얼마 전 로라는 암기왕 잭으로부터 놀라운 이야기를 들었다. 샌프란시스코에서 그의 IQ를 뛰어넘은 단 한 사람이 있는데, 그 사람이 바로 메를린 학교 출신의 빅터 로저스라는 이야기였다. 이 사실을 확인해야 할지 말지를 놓고 고민하던 로라는 빅터를 위해 결국 이 일을 하기로 결심했던 것이다.

교직원이 한참을 찾은 끝에, 졸업생 서류함에 들어 있던 누렇게 변색된 자료들 사이에서 빅터의 IQ 평가표가 펼쳐졌다. 그것을 살펴본 교직원이 놀랍고 의아하다는 표정으로 말했다.

"세상에, 이런 학생이 우리 학교에 있었다는 걸 왜 몰랐을까요."

학교에 도착해서야 이 일에 관해 전해들은 다음에도 뭔가 현실감이 느껴지지 않았던 빅터는 교직원의 말을 듣고서야 심장이 쿵하고 떨어지는 소리를 들었다.

'서… 설마… 설마….'

곧이어 서류를 넘겨받은 레이첼 선생도 탄성을 질렀다.

"이럴 수가, 어떻게 이런 일이 있을 수가 있니."

이윽고 로라가 서류를 받아 그곳에 적힌 글씨를 읽었다. 서류에는 분명하게 빅터의 이름이 철자 한 자 틀리지 않고 쓰여 있었고, 그 밑에는 173이라는 글자가 선명하게 적혀 있었다. 레이첼이 말했다.

"빅터, 넌 천재였어. IQ 173의 천재."

끝내 빅터도 그 숫자를 확인했다. 그리고 무너지듯 자리에 주저앉았다.

잠시 후 수업이 끝나고 학생들이 복도로 물밀듯이 빠져나왔다. 교무처를 막 나오던 로라와 빅터는 발걸음을 멈췄다. 그들이 서 있는 방향으로 머리가 벗겨진 로널드 선생이 걸어오고 있는 모습이 보였다. 그들을 알아보지 못한 채 복도를 따라 걷던 그를 향해 빅터가 떨리는 목소리로 말했다.

"왜… 왜 그러셨나요?"

갑작스런 물음에 로널드 선생은 걸음을 멈추고 빅터를 실눈으로 살펴보았다.

"누구…."

낯선 얼굴을 찬찬히 뜯어보고 있는 로널드 선생을 향해 빅터가 다시 물었다.

"어떻게 그러실… 수가…."

그 순간 로널드 선생은 손에 들고 있던 교재를 바닥에 후드득 떨어뜨렸다.

"혹시, 빅터? 빅터 로저스?"

로널드 선생은 빅터의 이름을 한 글자도 틀리지 않고 말했다. 그의 얼굴은 핏기라곤 없이 하얗게 질려 있었다. 묵묵히 서 있던 빅터는 주머니에 손을 집어넣었다. 그리고 한 장의 종이를 꺼내 로널드 선생 앞에 내밀었다.

"설명… 해주세요. 도대체 왜…?"

로널드 선생은 빅터를 향해 손을 내밀었다. 그리고 빅터가 꺼내 든 종이를 받아드는 대신, 빅터의 손을 두 손으로 덥석 잡았다.

"미안하구나, 정말 미안하구나…."

로널드 선생의 눈에 눈물이 흐르고 있었다.

이상했다. 갑자기 빅터는 아무런 감각도 느낄 수가 없었다. 촉감도 생각도 마음도 다 사라져버린 듯했다. 로널드 선생은 용서를 구했지만 아무 말도 들리지 않

앉다. 빅터는 그를 뒤로한 채 터벅터벅 밖으로 걸어나
갔다.

교정을 가로지르는 빅터의 뒷모습을 내려다보듯 독
수리 조각상이 서 있었다. 기둥에는 17년 전과 마찬가
지로 좀처럼 아이들의 눈에 띄지 않는 짧은 문구가 새
겨져 있었다.

Be Yourself(너 자신이 되어라).

시작은 작은 실수에 불과했다.

메를린 학교에서는 매년 4월 셋째 주에 7학년(중학교
2학년) 학생들을 대상으로 IQ 테스트를 실시한다. 그 담
당이 로널드 선생이었다. 테스트를 주관한 서비스 업체
는 한 달 뒤에 평가표를 학교에 보냈다. 로널드 선생은
그것을 학적부에 옮겨 적은 뒤, 작업이 끝나면 원본을

캐비닛에 집어넣었다.

17년 전 빅터를 저능아라고 믿어 의심치 않았던 로널드 선생의 눈에는 빅터의 IQ 평가표에 적힌 173이란 숫자가 73으로 보였다. 그게 사건의 전부였다. 단지 누락된 한 자리 숫자로 인해 빅터는 17년 동안 바보로 살았다.

로널드 선생이 자신의 엄청난 실수를 알게 된 것은 오래전 일이었다. 암기왕 잭이 메를린 학교에서 자신보다 더 높은 IQ를 지닌 사람이 나왔다는 사실을 알고 확인 차 찾아왔을 때였다. 로널드 선생은 뒤늦게 빅터를 수소문했으나 그는 이미 다른 곳으로 떠난 뒤였다. 로널드 선생은 차마 아무에게도 자신의 실수를 말하지 못하고 과거를 묻은 채 살아가고 있었던 것이다.

언덕 위 그네에 걸터앉은 두 사람의 어깨 위로 산들

바람이 지나갔다. 오래전 그날처럼. 로라는 빅터의 옷깃에 날아와 붙은 풀잎을 떼어내 바람에 다시 날렸다. 로라가 애써 웃으며 빅터를 위로했지만 아무런 반응도 돌아오지 않았다. 몇 분 동안 둘 사이에는 바람만 지나갔다.

"얼마 전에 레이첼 선생님과 책을 쓸 때 모아두었던 자료들을 다시 읽어봤어. 당시엔 별다른 느낌이 없어서 원고에 넣지 않았던 러시아 무용수 일화가 하나 있는데, 만약 다시 책을 쓴다면 이 이야기를 꼭 넣고 싶어. 한번 들어볼래?"

로라는 손끝으로 흩날리는 머리를 넘기고 '소녀와 발레리노' 이야기를 시작했다.

러시아의 어느 시골 마을에 발레리나를 꿈꾸는 소녀가 살고 있었다. 소녀는 꿈을 이루기 위해 열심히 발레를 연습했고 또래보다 앞서나갈 수 있었다. 소녀는 기량이 발전할수록 더 어려운 기술을 배워야 했다. 그만큼 실패하는 횟수가 많아졌다. 시간이 지날수록 소녀의 마음 깊은 곳에서는 의구심이 들기 시작했다.

'과연 나에게 재능이 있는 것일까?'

소녀가 재능에 대한 회의에 시달리던 어느 날, 마을에 서는 세계 최고의 무용수가 방문하는 행사가 벌어졌 다. 소녀는 자신의 재능을 확인하기 위해 행사장으로 달려갔다. 소녀는 무용수에게 간청했고, 마침내 그 앞 에서 춤을 출 수 있는 행운을 얻게 되었다. 소녀는 떨 리는 마음을 추스르고 춤을 추기 시작했다. 하지만 무 심한 눈으로 소녀를 바라보던 무용수는 1분도 채 지나 지 않아 손사래를 쳤다.

"그만! 너처럼 뻣뻣한 아이는 생전 처음 보는구나. 넌 재능이 없어."

청천벽력 같은 말이었다. 내가 재능이 없다니. 소녀는 부정하고 싶었지만 그럴 수가 없었다. 그건 다름 아닌 세계 최고의 무용수가 내린 평가였다. 결국 소녀는 재 능이 없다는 사실을 인정하고 발레를 포기하고 말았다. 그 후 소녀는 평범한 가정주부가 되었다.

세월이 흐른 어느 날, 또 다시 시골 마을에 무용수가 방문하는 행사가 벌어졌다. 여인은 행사장에서 은퇴한 무용수를 만날 수 있었다. 여인은 그를 보자 좀처럼 풀리지 않는 의문이 하나 생각났다.

"오래전 당신은 이 자리에서 내게 재능이 없다고 말했죠. 그런데 요즘 생각해보니 뭔가 이상한 점이 있어요. 당신이 아무리 세계 최고의 무용수라 해도 말이죠, 어떻게 단 1분 만에 어린 소녀의 가능성을 알아볼 수 있었죠?"

그는 예전처럼 무심한 표정을 지으며 말했다.

"당연히 알 수 없죠. 난 신이 아니니까."

여인은 정신이 멍했다. 한 소녀의 꿈을 포기하게 만든 장본인이 어떻게 그런 무책임한 대답을 할 수 있단 말인가? 여인은 그에게 온갖 비난을 쏟아냈다. 그러자 무용수는 오히려 여인에게 소리쳤다.

"당신이 남의 말을 듣고 꿈을 포기했다면, 성공할 자격이 애초에 없었던 겁니다!"

빅터는 마치 돌처럼 굳어 있었다. 허공을 향한 두 눈은 그림처럼 움직이지 않았고 코는 숨조차 쉬지 않는 것 같았다. 다만 보이지 않는 무언가가 파르르 떨렸다. 로라는 조심스럽게 그를 바라보았다.

"난… 바보가 맞았어."

바람을 타고 떨리는 음성이 들려왔다.

"그렇지 않아. 오히려 너는 IQ가 173이나 되는…."

빅터가 천천히 고개를 저었다. 그리고 그네에서 내려 앞으로 몇 걸음 걸어갔다.

잃어버린 17년. 그동안 숫자에 속았고, 무시하는 사람들에게 속았고, 세상에 속았다. 하지만 인생의 책임은 타인의 몫이 아니었다. 빅터는 이제야 깨달았다. 자신의 잠재력을 펼치지 못하게 만든 장본인은 바로 자신이었다는 것을, 자기 스스로 자신을 바보라 여겼음을. 남이 아닌 내 인생인데 정작 그 삶에 '나'는 없었다. 그저 세상이 붙여준 이름인 '바보'로만 살아갔던 것이다. 허리케인 같은 위협들이 자신을 세차게 흔들더라도, 가슴 속에 피어오른 불씨를 꺼뜨려서는 안 되는 것이었다.

"난 정말 바보였어. 스스로를 믿지 못한 나야말로 진짜 바보였어…"

빅터의 볼에 뜨거운 눈물이 흘러내렸다.

'다시 시작할 수 있을까?'

빅터는 처음으로 다른 사람이 아닌 자신에게 물었다. 그러자 새로 태어난 영혼의 목소리가 북소리처럼 울려오기 시작했다.

나는 세상의 눈으로 살았던 내 인생을 돌려받겠다.

나는 그 어떤 세상의 말보다 내 생각을 가장 존중하겠다.

나는 나를 사랑하겠다.

나는 내가 좋아하는 일을 하겠다.

나는 나의 미래를 두려워하지 않겠다.

천재가 된 바보

크리스마스를 앞둔 힐튼호텔은 안팎으로 분주했다. 대형 트리장식 아래에서는 시민들을 위한 야외 음악회가 열렸고, 로비에서는 안내원들이 부지런히 오가며 방문객들을 맞았다. 3층 연회장에는 특별한 손님들이 모여 있었다. 인구 대비 상위 2퍼센트의 IQ를 가진 사람들만 가입할 수 있는 국제멘사협회 회원들이 신임 회장 취임식을 위해 각지에서 찾아온 것이다.

분위기를 북돋우던 캐럴 합창이 끝나자 사회자가 마이크를 잡았다.

"국제멘사협회의 새 회장님을 소개할 수 있는 기회를 주셔서 영광입니다. 먼저 신임 회장님의 약력을 간략하게 말씀드리자면, 이 분은 수많은 히트 상품을 개발한 발명가이자 기업 컨설턴트이고, 애프리의 사외이사이자 저술가이며, 혁신 강연가이자 공공 프로그램 기획자이고… 이런, 지금 보니 참 줏대도 없는 분이로군요."

사회자의 익살에 장내에는 폭소가 터졌다.

"그럼 오늘의 주인공을 소개하겠습니다. 빅터 로저스 회장님입니다!"

박수가 울려 퍼졌다. 빅터는 크게 심호흡을 한 뒤 단상에 올라갔다. 그리고 전임 회장과 포옹을 하고 연회장을 향해 손을 흔들었다.

빅터는 쏟아지는 박수 속에서 회원들에게 수차례 감사의 인사를 전한 뒤 팔을 뻗어 한쪽 테이블을 가리켰다. 사람들의 시선과 조명은 그 테이블에 앉은 초로의 부인에게 쏟아졌다.

"그동안 많은 분들의 도움을 받았습니다. 특히 여러분들이 보고 계시는 저 아름다운 여성분은 지금의 저를 만들어주셨지요. 존경받는 출판계 리더이신 레이첼 대표님은 저의 어머니이자 아버지셨습니다. 그리고 저를 포기하지 않은 유일한 선생님이셨죠. 제가 제 자신을 포기할 때조차도 말입니다. 이 자리를 빌려 꼭 말씀드리고 싶었습니다. 선생님, 당신과의 만남은 제 인생 최고의 행운이었습니다."

사람들이 레이첼 선생을 향해 우레와 같은 박수를 보냈다. 뜻밖의 찬사에 그녀도 감격스러운 얼굴로 주위에 목례로 답했다. 곁에 앉아 있던 로라가 조용히 손수건을 꺼내 선생님의 손에 쥐어드렸다.

조명은 다시 홀을 가로질러 빅터에게로 돌아왔다.

"취임사를 고민하던 중 젊은 회원들로부터 성공에 대한 조언을 들려달라는 요청을 받았습니다. 순간 이 호텔의 창립자인 콘래드 힐튼이 생각나더군요. 그는 장성할 때까지 글을 제대로 읽지 못했습니다. 원래는

은행 경비원이 되려고 했는데 글을 읽지 못하는 바람에 퇴짜를 맞고 호텔 벨보이가 되었습니다. 훗날 그는 회고하기를, 자신이 글을 쓰지 못했기 때문에 힐튼 호텔을 만들게 되었다고 능청을 떨었죠. 물론 성공 비결은 따로 있었습니다. '벨보이 시절에 나보다 일을 잘하는 사람도 많았고, 나보다 경영 능력이 뛰어난 사람들도 많았다. 하지만 자신이 호텔을 경영하게 되리라 믿은 사람은 나 혼자 뿐이었다.' 이것이 그의 성공 비결이었습니다. 콘래드 힐튼은 사람들이 성공하지 못하는 이유를 스스로 과소평가하기 때문이라고 했습니다. 그는 한 강연에서 쇠막대기를 들고 '이 쇠를 두들겨 말굽으로 만들면 10달러 50센트의 가치가 된다. 이것으로 못을 만들면 3,250달러의 가치가 된다. 그리고 이것을 시계의 부속품으로 만들면 250만 달러의 가치가 된다'라고 말했지요."

좌중을 둘러본 뒤 빅터가 계속했다.

"우리는 콘래드 힐튼의 쇠막대기처럼 무한한 가능성

을 갖고 있습니다. 절대로 우리의 가치는 정해져 있지 않습니다. 몇몇 사람들은 제가 IQ가 높기 때문에 성공했다고 말합니다. 하지만 여러분도 아시다시피 저는 17년 동안 바보로 살았습니다. 17년 동안 IQ는 제게 아무런 도움도 주지 못했습니다. 아무리 뛰어난 재능을 지닌 사람도 자신을 과소평가하면 재능을 펼치지 못합니다. 자신이 말굽밖에 될 수 없다고 생각하면 말굽밖에 되지 못하고, 바보라고 생각하면 진짜 바보가 되는 것입니다. 콘래드 힐튼은 또 이렇게 말했습니다. '남의 재능을 부러워하지 말고 자기가 가진 재능을 발견하라. 당신의 가치는 당신 자신이 만드는 틀에 의해 결정된다.' 우리는 숫자로 가늠할 수 없는 능력을 가지고 있습니다. 해보지도 않고 절대 자신의 능력을 재단하지 마십시오. 자신을 믿으십시오. 스스로를 위대한 존재라고 생각하십시오. 그러면 행동도 위대하게 변할 것입니다. 때때로 현실은 여러분의 기대를 배반할 것입니다. 앞으로 여러분은 몇 번의 고배를 마실 것이고,

그때마다 스스로에 대한 실망감이 밀려올 것입니다. 하지만 마지막까지 자신의 가능성을 의심해서는 안 됩니다. 의기소침해지거나 미래에 대한 불안함이 찾아올 때마다, 17년을 바보로 살았던 빅터 로저스의 인생을 기억해주시기 바랍니다. 세상에서 가장 멍청했던 남자의 이야기를 들어주셔서 감사합니다."

환호성과 박수가 터져 나왔다. 사람들은 하나 둘씩 일어나 기립박수를 쳤다. 로라는 빅터를 바라보며 흐뭇하게 웃었다.

"사람들은 모를 거예요. 저런 웅변가가 한때 지독한 말더듬이였다는 사실을요."

그러자 레이첼 선생이 고개를 끄덕이며 응수했다.

"그래, 그리고 인기 동화작가 로라 던컨이 한때 꿈도 희망도 없던 웨이트리스였다는 사실도 모를 테지."

로라는 박수를 멈추고 레이첼 선생을 바라보았다. 이제 그녀의 이마에도 주름이 지고 흰머리가 자라기 시작했다. 로라는 그동안 함께했던 일들을 떠올리자

가슴이 뭉클했다. 로라는 레이첼 선생을 껴안았다.

"자신을 믿으라던 선생님의 말씀이 옳았어요. 선생님이 아니었다면 저도 빅터도 아직까지 제자리에서 맴돌았을 거예요. 선생님은 우리의 진정한 스승이었어요. 감사해요, 선생님."

"난 너희들의 재능을 펼치게 조금 도와주었을 뿐인걸. 그것을 행동해 옮긴 건 온전히 너희들 몫이었지."

연회장에는 다시 경쾌한 캐럴송이 울렸다. 뒤이어 흥얼흥얼 그것을 따라 부르는 콧노래가 들려왔다.

"그나저나 회장님에게 꽃다발을 드려야 하지 않겠어요?"

두 사람 곁으로 백발을 근사하게 기른 암기왕 잭이 다가왔다.

"참, 내 정신 좀 봐. 잠시만 기다리세요."

로라는 준비했던 꽃다발을 들고 축하객들에게 둘러싸인 빅터에게 다가갔다. 암기왕 잭은 들고 있던 칵테일로 입을 축였다.

"세상 참 빠르죠. 저들이 벌써 중년이 되었다니. 난 아직도 청년인데, 하하하!"

"이제는 저들이 우리의 가르침을 세상에 알려줄 차례가 되었죠."

"이미 두 사람은 그걸 실천하고 있는 것 같습니다. 빅터 씨는 강연을 통해서, 로라 씨는 동화를 통해서 위대한 메시지를 전하고 있죠. 제 손녀도 로라 던컨 씨 팬이랍니다."

잭은 산타클로스 같은 하얀 수염을 쓰다듬으며 말했다. 그 모습을 지켜보던 레이첼 선생이 말했다.

"선생님이야말로 산타클로스였어요. 바보에게 천재라는 선물을 주었으니까요."

그러자 잭이 호쾌하게 웃으며 말했다.

"무슨 말씀을, 저는 산타클로스가 아니라 요정이랍니다. 신데렐라의 아름다움을 깨운 착한 요정 말입니다. 그리고 레이첼 대표님은…."

레이첼 선생이 눈을 빛내며 물었다.

“뭔가요, 혹시 천사?”

“에이, 동화의 세계보다 더 멋진 현실 세계의 안내자죠. 바로 북극성. 저들이 길을 잃지 않도록 내내 지켜봐주셨으니까.”

BE YOURSELF

에필로그

◇
◇
◇

싸늘한 겨울밤이라서인지 도로에는 자동차의 흔적이 드물었다. 헤드라이트 불빛 너머로 간간이 눈발도 날리고 있었다.

"어머, 눈이네. 빅터, 운전 자신 있는 거야?"

빅터는 대답 대신 어깨를 으쓱해 보였다.

'최고의 정비사이자 드라이버인 마르코 형한테 배운 실력인 걸. 그때 아버지는 세상으로 나가는 통로를 마련해주고 싶으셨나 보다. 제 앞가림도 못하는 내게 운전을 가르치라고 하셨던 것을 보면….'

빅터의 코끝이 찡해졌다.

차가 언덕 교회에 도착했고 빅터는 시동을 껐다.

"왜 여기에 차를 세우는 거야?"

로라가 물었다.

"궁금한 게 있어서."

로라는 더 묻지 않고 조용히 차문을 열고 따라 나왔다. 언덕 교회는 변함이 없었다. 교회의 회벽은 가로등 불빛에 은은하게 빛을 반사했다. 앞마당에는 짝을 지은 그네가 여전히 사이좋게 걸려 있었다. 세월의 흔적은 쌓였지만 그 자리에 변함없이. 천천히 걸음을 옮기던 빅터가 낮은 목소리로 로라에게 물었다.

"결혼은 안 할 거야?"

갑작스런 질문에 로라가 조금 당황한 표정을 지으며 대답했다.

"나야 뭐… 한번 해봤으니까. 그리고 에이미도 있고…. 나야 그렇다 치고, 빅터 너는 왜 마흔이 넘도록 혼자 사는 거니? 돈도 많이 벌었으면서."

"시간이 없었어. 남들이 십대에 했던 것들을 난 서른이 넘어서 시작해야 했으니까. 그 뒤로는 나 자신을 발전시키는 즐거움에 중독이 되어버렸지."

"자신을 발전시키는 즐거움?"

"응, 아무리 소박한 상상이라도 그걸 현실로 만들면 세상을 다 가진 것 같은 기분이 들어. 그런 경험이 많아지면 더 큰 상상도 실현할 수 있다고 믿게 돼. 커다란 상상을 현실로 만들기 위해 노력하다 보면, 어느 순간 자신이 발전했다는 게 느껴져. 나는 그게 즐겁고 행복해."

"에이미한테 꼭 들려줘야겠는 걸."

로라는 빅터의 말을 받아 적기라도 하려는 듯 코트에서 작가 수첩을 꺼냈다.

"그때 무슨 기도를 했니? 로라."

느닷없는 빅터의 질문에 로라는 수첩을 꺼내다 말고 물끄러미 그를 바라보았다.

"그때라니? 설마 열다섯 살 때를 말하는 건 아니겠지?"

재미있는 농담이라도 들은 것처럼 로라는 깔깔거렸다. 하지만 빅터는 함께 웃을 수 없었다. 로라도 웃음을 거두고 어린 시절 무릎을 꿇고 기도했던 자리를 애잔하게 내려다보았다.

"아름답게 만들어달라고 기도했어. 지금 생각해보면 우습지만 당시엔 꽤 심각했어. 나는 내 모든 좌절이 외모 때문이라고 생각했거든. 내가 갖지 못할 거라고 생각하니까 외모에 더 집착을 했던 것 같아."

그 말을 들은 빅터가 눈을 둥그렇게 뜨고 로라를 바라보았다.

"그게 사실이야? 너한테 외모 콤플렉스가 있었다니… 믿어지지 않아."

로라가 어깨를 으쓱거리며 말했다.

"그래, 정말 심각했다니까. 하지만 따지고 보면 회피심리였겠지. 문제와 맞부딪치는 대신, 모든 것을 외모 탓으로 돌리면 편해지잖아. 물론 그때는 몰랐어. 아주 오랜 후에야 알게 되었지. 알고 난 다음에도 콤플렉스

에서 완전히 벗어나는 데는 시간이 좀 걸렸지만 말이
야. 내가 비겁하게 외모에 모든 책임을 돌리고 있다는
사실을 깨달은 다음부터 답을 찾기가 쉬워졌어. 비로
소 문제가 제대로 눈에 들어왔거든."

로라가 그런 무거운 짐을 안고 있었다는 것을 그토
록 오랜 시간 동안 알지 못했다니. 빅터는 미안함과 안
쓰러운 눈빛으로 로라를 바라보면서 말했다.

"우리 둘 다 엉뚱한 기준에 사로 잡혀서 힘겨운 시간
을 보냈다는 공통점이 있구나."

로라가 고개를 끄덕이며 입가에 살며시 미소를 지었
다. 그리고 문득 생각난 것이 있다는 듯 말했다.

"빅터, 사실 나도 오래전부터 궁금했던 게 있었어.
네가 그때 했던 말 진심이었니?"

빅터는 그 말이 무엇이었느냐고 묻지 않았다. 그럴
필요는 없었다. 그날 이후 항상 빅터의 마음속에 있었
던 말이었으니까. 빅터는 장갑을 벗고 로라의 손을 꼭
잡았다. 로라의 뺨이 루돌프 사슴 코만큼 빨갛게 물들

었다. 그 위로 열다섯 살 주근깨투성이 로라의 모습이 겹쳐졌다.

"함박눈이야."

"그래."

교회 회벽 밖으로 성가대의 맑은 음성이 새어나왔다. 두 사람은 오래도록 손을 마주 잡고 있었다. 수정구처럼 반짝이는 눈송이들을 올려다보면서.

17년 동안 바보로 살았던 멘사 회장의 이야기

바보 빅터

제1판 1쇄 발행 | 2018년 12월 24일
제1판 30쇄 발행 | 2024년 10월 4일

지은이 | 호아킴 데 포사다 · 레이먼드 조
펴낸이 | 김수언
펴낸곳 | 한국경제신문 한경BP

주소 | 서울특별시 중구 청파로 463
기획출판팀 | 02-3604-590, 584
영업마케팅팀 | 02-3604-595, 562   FAX | 02-3604-599
H | http://bp.hankyung.com   E | bp@hankyung.com
F | www.facebook.com/hankyungbp
등록 | 제 2-315(1967. 5. 15)

ISBN 978-89-475-2793-4   13840